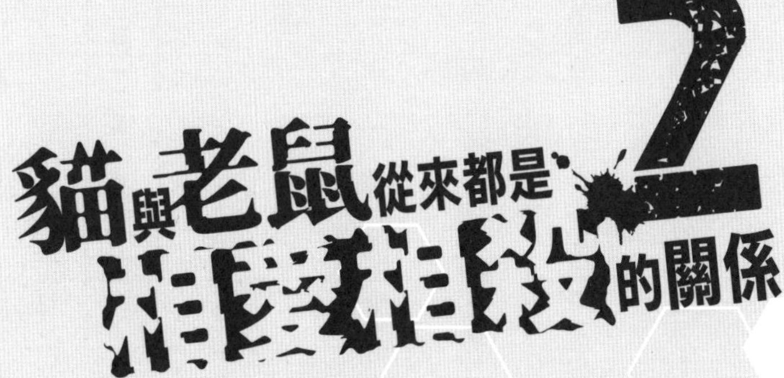

作者 黑蛋白　插畫 嵐星人

CONTENTS

第二案　愛與血

第二案　愛與血

第一章　卡羅萊納死神椒是否為生化武器

如果用一句話來總結白塔案，應該算是「意料之外情理之中」吧？

既然有實習生可以用，馮艾保非常心安理得地把結案報告扔給蘇小雅處理，為了方便他工作，還把自己的通行證也一併扔給他使用，可以在檔案室裡通行無阻，連證物室都有大半區域不需要另外登記進入。

寫報告這種事對還沒畢業的小嚮導來說信手拈來，他前兩個月才剛完成了自己的畢業論文。

雖說刑事案件天天發生，殺人案頻率也很高，但一個複雜的案子結束後，總有幾天空窗期可以喘息。

馮艾保告訴蘇小雅可以先不用到警局來，當然他想來也沒問題，不過辦公室裡現在沒有空的桌子可以給他使用就是了。蘇小雅想了想，乾脆把東西都帶回家，熟悉的環境也比較利於他專心寫報告。

整件案子並不複雜，但倫恩・切斯特的存在卻令人毛骨悚然，甚至可以說，這件案子之所以會發生，完全是出於倫恩的引導。

儘管不知道倫恩內心為什麼會扭曲至此，但從涉案幾人的日記，以及活動軌跡推斷，蘇小雅漸漸產生一個讓自己像吞了幾十隻蝗蟲，然後這些蟲子還在胃裡亂竄般的噁心推測。

他盯著倫恩・切斯特的日記影本，這不是他先前交給馮艾保的那一本，而是前幾天接獲倫恩失蹤消息後，他們趕到白塔，另外從倫恩臥室的一個櫃子夾層中發現的。

至於為什麼倫恩沒把這些記載真實心情的日記帶走，一個是因為白塔裡他沒有工具也沒有辦法銷毀這些日記，再者他在白塔住了十年，總共有四本多出來的日記，逃亡的時候帶走這些東西也不現實，畢竟他是潛逃出白塔的，除了錢以外的所有東西都留下來了，衣服都沒多帶一套，哪有空間留給日記本？最後……不得不說這人的心思縝密且歹毒，他敢把日記留下來，就是賭沒有人能拿到這些東西。

放著日記本的夾層很難找到，應該是他自己做的機關，夾層彈開的機制是利用櫃門關上時的空氣壓力，所以必須要依次開關不同櫃門，最後才能製造出足夠的氣壓彈開夾層。

這個櫃子是白塔中的制式置物櫃，總共五個櫃門，蘇小雅不是個數學非常好的人，他勉強算出應該有一百二十個組合，心想也不是不能花時間試出來，就是麻煩一點罷了。

馮艾保聽了他的話卻搖搖頭。「沒這麼簡單，我聽到很細微的液體搖晃聲，容器應該是玻璃製品，金炳輝剛才試了一次，因為是錯誤的順序，櫃子裡便傳出齒輪的扭動聲，很有可能出錯到一定的次數，會有腐蝕性液體或點火裝置直接把夾層裡的東西破壞掉。」

那時候他們還不知道夾層裡是日記，只是找到了一個夾層，並且從倫恩遺留下來的物品中推測出打開夾層的方式，卻找不到正確的開關順序。

這個夾層的位置很弔詭，不在前後上下任何一個位置，而是藏在櫃子中央。

開啟後裡面的東西會往下掉，落在最底下的那個櫃子裡，收的時候則要打開最中間的櫃子，摸到底有個活動門可以按開把東西收進去。但東西一進去，這個活動門就會被卡死，所以現在他們想從活動門拿東西是不可能的。

蘇小雅都懷疑，倫恩留下關於夾層這麼詳細的資料，是一種對他們無能為力的嘲諷，真的是個很討厭的傢伙。

現在唯一的方式，是把連接機關的齒輪破壞掉，避免玻璃瓶中的液體流出來，或者引發點火裝置。

但擺他們眼前的問題是，櫃子只要被大動作移動或破壞，大概率也會導致夾層中的物品被機關破壞。

幾人面面相覷，最後還是馮艾保嘆了口氣，一臉的不情願又沒辦法，聳了聳肩說：「我來處理吧，你們先出去等著，給我半小時就行。」

不由分說把所有人都推出了房門，關上門後還直接上鎖。

金教官很氣憤，在門外控制不住地怒罵了十幾分鐘，從學生時代的矛盾開始細數，可以說是把老黃曆全部翻了一遍才罷休。

蘇小雅倒是沒有他的氣憤，離開前他看到了，馮艾保的精神體老鼠在地上溜了一圈，窩在本體腳上洗臉，看起來非常活力充沛而且躍躍欲試。他猜測馮艾保是不想老鼠的行動被別人看到，雖然才認識沒幾天，但他察覺到馮艾保很牴觸自己的精神體被人看見。

也許是因為這種強烈的想法，才導致多數人都看不到那隻胖呼呼的黃金鼠吧？

果然半小時後馮艾保打開門，手上拿著幾本日記和一個裝滿液體的玻璃瓶，身後的地上躺著悄無聲息解體的櫃子，完全看不出來任何老鼠活動過的痕跡。

那幾本日記，雖然原件不能拿出證物室，但印幾頁下來帶走還是可以的，蘇小雅便當成寫報告的資料一起帶回家。

「叩叩！」臥室的門被敲響，蘇小雅的思緒從倫恩的日記上抽回來，他一把闔上筆記型電腦，將攤開的資料都簡略整理過後，才起身去應門。

「哥？」家裡現在只有他們兄弟兩個在，蘇小雅也想當然覺得是自己的哥哥敲門，可能是要叫他去吃下午茶吧？

可門一拉開，出現在眼前的卻是何思。

蘇小雅愣了愣，抬手看了眼腕上微型電腦顯示的時間，下午三點四十多分，不是正常公務員的下班時間，過去這種時間何思也從沒待在家裡過。

「我可以進去坐坐嗎？」何思問。

「可以啊……」蘇小雅連忙退開兩步，讓何思可以進門。

「你今天休息嗎？」

「算是吧，反正這幾天沒什麼重要的事情要忙，我乾脆翹班了。」何思對蘇小雅眨眨眼笑道。

馮艾保不會抗議嗎？蘇小雅腦中閃過這個問題，但很快甩掉，馮艾保抗不抗議跟他又沒有關係。

「小雅！你和阿思聊完天後，記得下來吃點心啊！」蘇經綸從樓下喊道。

「知道了！」

關上門，兩個明明非常熟悉的朋友，卻突然之間尷尬起來，不知道說什麼才好。

這不是何思第一次進蘇小雅的房間，他甚至在小青年的臥室中有專屬的坐墊。

「阿思哥哥你隨意，我把這段打完。」蘇小雅想了想，決定還是照往常的方式相處就好。

「好。」何思點點頭，把屬於自己的坐墊從床下的置物櫃中翻出來，靠著床盤腿坐下。

蘇小雅喀答喀答敲著字，速度很快，不多久就完成了一大段報告，滿意地吐了口氣。

「報告寫得還順利嗎？」何思問。

「還行，沒有畢業論文那麼難，就是……心情會不太好。」蘇小雅把椅子轉過來面對何思，老老實實地回答：「我覺得倫恩・切斯特是個很可怕的人。」

沒料到會得到這麼完整的回應，何思反倒當機了幾秒。

「怎麼突然這麼有感而發？」

「你不覺得嗎？」蘇小雅面露驚奇，但很快自我說服完畢，了然地點點頭。

「應該是我少見多怪了吧？我就是想到之前我們在白塔忙了一下午，才終於毫髮無傷地將這些日記拿出來，要不是馮艾保的精神體是黃金鼠，搞不好還真拿不到完整的日記。」

「呃……也不是這個意思……」何思搔搔臉頰，見小嚮導一臉求知若渴的表情看著自己，不禁苦笑。「可能在馮艾保確定倫恩・切斯特臥室中殘留歐夾竹桃武揮發的氣味時，我就有心裡準備了吧！只是沒想到還是被他逃走了。」

綜觀整起事件，倫恩真的靠自己下手的部分，就是毒殺陳雅曼，而且這部分他們並無法證實，只有間接證據，倫恩大可以否認到底，甚至他說自己是在陳雅曼的請託下，幫著對方提煉了毒素，也不是沒有可能的。

畢竟從夾層拿到的日記裡明明白白寫著，倫恩對陳雅曼的欣賞與接近暗戀的感情。

但同時，日記中也寫了對自己「不正常」感情的恐懼與氣憤，倫恩寫的：『哨兵怎麼能與哨兵在一起？這是違逆基因天性的，我相信陳雅曼也不會願意這種可怕的事情發生在自己身上。她是個很好的人，也是個很好的哨兵，她應該被尊重，她應該要維持屬於哨兵的純粹與驕傲。』

這種論點與ＳＧ如出一轍，不知道是否是受了安德魯的影響。

但倫恩嫉妒黎英英與陳雅曼的交情，到後來甚至演變為敵視。也因為厭惡黎英英，倫恩刻意關注黎英英的一舉一動，想從中找到什麼可以操作的切入點，離間她與陳雅曼之間的關係。

也因此，倫恩最終發現了黎英英與簡正的戀愛關係。

「看來我的經驗還是太少了，必須要多查閱一些案件報告，增加自己的知識儲備量才行。」蘇小雅抱著雙臂感嘆，決定趁著馮艾保的通行證還在自己手上，多去檔案室看些資料報告。

「我今天其實不是為了這個案子來找你的。」何思見蘇小雅不知不覺已經沉浸在刑警的工作中，心情實在很複雜，暗暗希望蘇小雅還能繼續堅持往司法界發展的夢想。

但這種話他不好說出口，總不能打擊年輕人的積極性吧？只能趕快轉移話題。

「嗯？那是為了什麼？」蘇小雅疑惑道。

「你……沒跟經綸說，我是刑警的事情嗎？」

「沒有。」蘇小雅答得很快。「不管你之前基於什麼考量隱瞞這件事，都不是我應該去對哥哥揭露的，你希望我去說嗎？」

「不不，我不是這個意思！」何思連連擺手，臉色難掩尷尬。「我本來以為，你跟經綸感情這麼好，可能會告訴他這件事……對不起，是我以己度人了。」

「喔……」蘇小雅聳聳肩，安慰道：「這不是什麼大事，你別太介意，再說了你也不是完全說謊，刑警確實是公務員的一種。」

何思不禁笑出來。

「我其實不是故意隱瞞的，就是……」他嘆口氣。「刑警這個職業對尋找另一半不是加分項是減分項，雖然加給不少，破案還有獎金，但平日裡工作很忙碌，還可能惹上麻煩禍及家人，特別我還是個嚮導，普通人聽到這些疊加起來的身分標籤，躲著我都來不及了。所以當初我才小小隱瞞了一些部分沒跟經綸說。」

「可以理解。」

「不過我也要辭職了，和經綸畢竟都已經登記結婚，這件事不該再繼續隱瞞下去才對。」

「放心，我支持你。要是哥對你生氣，我幫你去安撫他。」蘇小雅拍著胸脯保證，他喜歡何思這個新的親人，幫點小忙不在話下。

「謝謝你。」何思心裡的大石頭總算放了下來，他用精神力觸手碰了碰蘇小雅。「對了，我也順便要跟你說，這週六我請馮艾保來家裡吃飯。」

蘇小雅的精神力瞬間像仙人掌的刺般根根豎起，何思被扎了幾下連忙縮回自己的精神力。

「小、小雅？」

「馮艾保要來我們家吃飯？」蘇小雅倒抽著氣問，眉頭皺得九彎十八拐。

「呃……對……你哥也說歡迎，所以就……」

蘇小雅皺著臉低頭不語，何思手足無措地看著他，思考著自己是不是應該取消這場餐聚。

「你知道，馮艾保最討厭吃什麼嗎？」半晌，蘇小雅幽幽地開口問，嘴角彎起一個似有若無的弧度。「我要好好招待他。」

可惜，蘇小雅這個問題沒能得到明確的回答。

倒不是何思為了顧及自己搭檔脆弱又敏感的哨兵腸胃幫忙緩頰，親疏遠近他心裡還是有把尺的，蘇小雅是家人，馮艾保是好友，必要的時候可以稍微犧牲一下好朋友用來維持家庭和諧，主要是馮艾保也不會介意。

但他想了許久，卻發現自己根本不知道馮艾保到底不喜歡吃什麼，明明他們一起工作了十年，他的精神力觸手無數次觸碰過馮艾保的精神與情緒，然而直到蘇小雅發問前，他都沒意識到這個問題……他知道馮艾保大概喜歡哪些東西，但完全不知道也沒有絲毫線索可以推測這傢伙討厭什麼。

「大概……是辣的吧？」末了，何思只能這麼回答。

「我能給他吃辣的食物嗎？」蘇小雅瞪大眼。

「我建議最好不要，哨兵的腸胃太敏感脆弱，他現在雖然進入了體能黃金期，而且身體機能比多數哨兵要來得強壯，但我記得，兩三年前曾經有個小女生為了感謝他救了自己，送他一包糖，他才吃了一顆，口腔就破了兩週，還好因為反應很快，沒有吞下肚子，否則我懷疑他需要去醫院觀察幾天。」

「那是什麼糖？」蘇小雅摀住嘴，何思無法判斷他到底是同情還是有些幸災樂禍？

「卡羅萊納死神辣椒整人糖。」何思用近乎敬畏的語氣回答。

即便是看馮艾保不順眼的蘇小雅都輕輕抽了口氣，大名鼎鼎的卡羅萊納死神辣椒，就是他這個不特別嗜辣的人都聽過其赫赫威名。雖然，時至今日卡羅萊納死神辣椒已經不是全世界最辣的一種辣椒，頂多排世界前七，但卻是最歷久彌新的！

「他對那位小女生做了什麼？」

「這個……有點尷尬……」何思摸摸鼻子，斟酌著在不透露太多當事人情報的狀況下講述：「那時候我們收到報案，有個暴力性侵犯利用網路撒網，拐騙未成年少女，他長得好看又會說話，很容易就能哄得女孩們開心並信任他，相信兩人之間有感情。他藉此把人騙出來進行性侵，其中有兩個女孩在與他見過面後失蹤了。」

不久後，其中一個失蹤少女被人發現陳屍在下水道排水管附近。受害者的遺體不太體面，不但全身赤裸，身上有多數瘀傷與骨折，臉幾乎被打爛了，牙齒全碎，十指指紋被燙掉，有兩處紋身跟一處胎記都被剝皮移除，他們第一時間並沒辦法確定死者身分，後來靠排查各分局的失蹤少女資料，逐一走訪請報案人提供DNA進行比對，這才確定了死者身分。幸也不幸，死者父母很早就察覺女兒失蹤並報了警，可惜最後只找到了屍體。

既然都出現了一個死者，另一個女孩的生死問題就是他們需要立刻想辦法確定的了。

「案子交到我們手上，總之後來找到線索，失蹤的女孩可能在某個廢棄倉庫裡，我們當然衝去救人，然後就發現……嗯……她其實不是失蹤，也沒有去見那個性侵罪犯，她就是離家出走，然後當起色情頻道的主播。我們衝進去的時候，因為……怎麼說呢，馮艾保是哨兵嘛！他總是打前鋒那個，進去前我就覺得他表情有點不對勁，但沒有多想，大家都很緊張。他不知道為什麼突然拖拖拉拉的，一下子配槍出問題，一下子這個一下子那個，我都快生氣的時候他突然一腳踢開房間衝進去，剛好是那個女孩正準備脫內衣的瞬間……」回想起這個案子，何思就忍不住揉起太陽穴，隱隱胃痛。

「他……故意的？為什麼？」蘇小雅雖然不清楚馮艾保的等級到底是多少，可是與S級嚮導搭檔十年，肯定是個體質特別強悍的哨兵，加上之前聽見了倫恩製作的夾層機關齒輪聲，可以確定他的五感也比一般哨兵更加敏銳。

也就是說，馮艾保絕對是聽見了房間裡頭在幹什麼，而他故意拖延時間，就為了抓這個當口衝進去。

「脫內衣代表裸上身，是很直接的性行為前奏。女孩未成年，所以進行到這一步，直播間裡的所有人都成為了猥褻未成年人的現行犯。」詳細法規當然有可以細講與攻防的地方，但差不多可以用這條去逮人了。

連持有未成年人性愛影片或照片都是嚴重的犯罪行為，更何況被抓了個現行。

「所以雖然你們找到女孩，並平安把她送回家，但同時也毀了她的『職業生涯』，她才會送了整人糖過去？」

「差不多是這個意思。」何思點點頭。

「我不懂。」蘇小雅皺眉。

「哪裡不懂？法規嗎？還是……」

「不，我不懂馮艾保為什麼會吃。」蘇小雅抱著雙臂，皺著眉頭，嚴肅得像個八十歲的老教授。

「首先，我姑且推測糖果的包裝是改變過的，乍看之下看不出來是辣椒糖。所以拿一顆出來吃是有可能的。這點我可以理解。其二，剝開糖果的時候應該能聞到味道吧？馮艾保連歐夾竹桃甙揮發的氣味都能聞到，一顆糖果有辣椒味他能聞不到？他那天感冒鼻塞了嗎？」

何思啞然搖頭，蘇小雅見狀點點頭，用手指比了個三。

「最後，也是最重要的一點，送禮的時候總要有寄件人或者乾脆就是那個女孩本人送來的，起碼警局是檢查過這個包裹沒問題，才會送到馮艾保跟阿思哥哥你們手上對吧？既然知道是誰送的，馮艾保怎麼可能覺得那會是傳統意義上的謝禮？」

「呃……這個……」

「綜上所述，我不明白馮艾保為什麼要吃這顆糖？他有自毀傾向？還是單純喜歡刺激？或者我太高看他了？」

四個問題，逐步遞進，何思潰不成軍。

如果面對的是案子，何思當然是可靠而且敏銳的，可面對馮艾保，他好像就有些疏忽大意了，竟從來沒意識到這當中種種不合理之處？

「我從沒想過這些事……」何思喃喃道，末了嘆了口氣。「你這樣一提，我開始擔心我辭職之後，他該怎麼辦？」

蘇小雅聳聳肩，沒說出馮艾保想跟自己去測試匹配度的事情。

「他是個大人了，可以為自己的行為負責的。」蘇小雅寬慰何思道。

總之，不管何思是否開始擔心起自己離職後，馮艾保會不會把自己玩到受傷進醫院，未來接手的嚮導又會不會被這傢伙耍得團團轉，眼下最重要的還是週六的聚餐。

時間過得很快，蘇小雅把結案報告交出去的同一天，也是他們約好吃飯的日子。

一大早，蘇經綸開著車載蘇小雅去中央警署交報告，本來不用這麼急的，但蘇小雅這人就是很討厭看到寫好的東西留在家裡，他無時無刻不想早一點把東西交出去，自己才能安心。

蘇經綸很清楚自家小弟的脾氣，剛好他也要去菜市場採買，索性捎了蘇小雅一程，順便拉人幫忙提東西，何樂而不為呢？

何思假日總是睡得特別晚，與馮艾保約的是晚餐，他依照習慣睡到自然醒，這才只有蘇家兄弟一起出門。

交完了報告，蘇小雅急忙往外跑，怕讓哥哥久等。誰知道，他才剛踏出中央警署大門，就發現不遠處停車格裡，哥哥離開了車子，站在街邊，正在和一個身材特別高大的男人對話。

要知道，蘇經綸在一般男子當中，已經算是鶴立雞群的了。蘇小雅十八年的人生中，沒看過蘇經綸的同齡人中有比他身高更高的人，最多就是伯仲之間。

而最近，倒是有一個比蘇經綸高的人出現在他的生活中。

蘇小雅原本面無表情的小臉皺起眉，瞇著眼試圖看清楚那個男人到底是不是自己心裡猜測的那一個，一邊加快腳步走上前。

「嗨，幾天沒見了。」比熟悉的聲音更早被蘇小雅感知到的，是馮艾保的精神力及情緒。

哨兵的精神力沒有嚮導那麼活躍強悍，頂多就是幫自己豎個簡易的精神屏障的程度罷了。馮艾保也是，他的精神力像一層爬山虎，薄薄覆蓋在身上，見到蘇小雅後波動了下，散發出歡快又促狹的情緒。

「小雅，你交完報告啦？」蘇經綸回頭看著弟弟，臉上表情愉快而且放鬆，看來與馮艾保的初次接觸很順利。

「嗯。」蘇小雅點點頭。

「我剛剛看到馮警官正要進去，本來還遲疑要不要叫住他，但又怕太唐突了。原本想晚上就能見面了也不急著現在，但就這麼巧，剛好有輛路霸車開過來，要逼我讓出停車位。也不知道那個人怎麼想的，怎麼會在警局對面做這種事呢？」蘇經綸和蘇小雅不同，是個非常健談的人，他脾氣溫和友善，非常擅長與人交際，即便弟弟只給了一個單純的音節回應，他也能自顧自聊起來。

「可不是嗎？有些人就是很倔，他眼裡可能只看到了停車位，沒看到警察局的招牌呢！」恰好，馮艾保也是個只要他願意，就可以喋喋不休的傢伙，對蘇經綸來說簡直是遇上了同類！

怪不得兩人才花了幾分鐘時間，已經聊得像是認識了十年的好朋友。

「喔。」蘇小雅又點點頭，他沒看到什麼路霸車，應該是被馮艾保嚇走了。

「你還要忙吧？不打擾你的時間，我跟我哥之後也有計畫……」

「我問過了，馮警官……唉呀！這麼叫太生疏了，我能不能叫你阿保或小馮啊？」蘇經綸熱情詢問。

「阿保吧。」馮艾保從善如流，他的長相是非常有攻擊性的俊美，可此時彎著眼睛微笑，卻顯得很親切和善。「蘇大哥要是有事情要忙，我就不打擾了，晚上還要去你家蹭飯呢！」

「哪有什麼事情要忙！就是買菜而已。」蘇經綸擺擺手，突然眼睛一亮。「對了！你不是說在家裡無聊，才來警局晃晃做點文書工作嗎？不如我們一起去買菜啊？我還不知道你喜歡吃什麼，不喜歡吃什麼，現在正好！」

「哥！」蘇小雅連忙要出聲制止，但論速度，哨兵是不會輸給嚮導的。

「當然好啊！既然蘇大哥都開口邀請了，我恭敬不如從命。就是怕會不會有點，太得寸進尺了？晚上還要麻煩你做飯呢。」

這人出生時是先生嘴吧！蘇小雅恨恨地瞪了眼馮艾保。

「哪有什麼得寸進尺，今天是我邀請你的，本來就應該要讓你盡興才對！來來，我們路上聊，晚餐的主菜我打算烤牛肉，不知道你喜不喜歡啊？」蘇經綸嗶嗶打開車門，見蘇小雅要進副駕駛座，連忙制止。「小雅，你去後座陪阿保說話，人家是客人。」

「喔……」蘇小雅滿心不樂意，可還能怎麼辦？他想吃哥哥的烤牛肉！「我哥的烤牛肉超好吃的。」他瞪著馮艾保皮笑肉不笑。

「太巧了，我喜歡牛肉。」馮艾保沒太過度逗眼前的小朋友，順著他的意願附和。

算你識相。蘇小雅微微點頭，拉開後座鑽進去。

「來來，阿保你快上車，這個時間剛好能去菜市場撿便宜！」

「這就來。」

碰碰碰！三個關門聲後，一輛銀色的私家車載著三個人，開開心心——好吧，也許不是三個人都很開心，蘇小雅只開心了一半，另一半覺得馮艾保來者不善——朝市場出發。

蘇經綸是個好客的人，看得出來他對馮艾保這個客人的重視。從警局到大菜市場的車程大概二十多分鐘，他一直很健談。

先是問馮艾保喜歡哪國菜？美國、法國、義大利、西班牙、韓國、日本、印度、土耳其等等等等，中菜台菜也都問了，順便熱情分享自己原本設計好的菜單，詢問馮艾保的意見。

「我本來是打算呢，用烤牛肉當主菜，這道菜不難，但比較花功夫，也需要買到好牛肉，所以雖然小雅跟阿思都很喜歡吃，我平常卻沒什麼機會烤，一年也就聖誕節會烤一次吧！這道菜是阿思提議的，他說哨兵多半愛吃肉，做肉料理是絕對不對錯的。」

「確實，哨兵一般愛吃肉。」馮艾保點頭附和。

「也是正巧，我熟悉的牛肉專賣店老闆昨天突然打電話來，說殺了一頭品質特別好的牛，問我要不要看看。當然好啊！原本我已經先買好一塊肉了，但既然有更新鮮更好的選擇，可不能委屈了大家。」蘇經綸說著，從反光鏡裡看向馮艾保，一雙眼笑得彎彎。

「我非常期待。前幾天何思也跟我說起蘇大哥，說你的廚藝特別好，以前是蘭園大飯店的行政主廚，現在是自己出來開私廚是嗎？」

說到蘭園大飯店，是國際知名的跨國餐飲與旅館集團，總部設在國內。能在蘭園當行政主廚，可見蘇經綸的手藝不一般。

「那都是過去的事情了，我還是比較喜歡自由自在過日子。」蘇經綸笑著嘆口氣，馮艾保卻沒忽略他朝蘇小雅瞥了一眼，兩兄弟眼神互相錯開，表情都有瞬間不太自然。

馮艾保就當自己沒看見，繼續和蘇經綸天南地北地聊，很快幾人就到了目的地。

「這樣吧！為了盡快把食材買齊全，我們兵分兩路？」

蘇經綸一下車，表情就變了，雖然還是開開心心的模樣，但眼神犀利不少，是屬於專業人士會有的凌厲。

「喔。」蘇小雅拎著購物袋，乖乖點頭。「你跟馮……」

「小雅，你跟阿保一起！這些東西交給你們買，如果阿保有想吃什麼，一起買了，千萬不要客氣。」最後這句話是對著馮艾保說的。

「可是，哥……」蘇小雅還想掙扎，他挺喜歡逛市場的，但不想跟馮艾保一起逛！

「就這樣，我們三小時後停車場集合！一定要記得哥哥教你的，東西要挑最好的，價格雖然不用特別比較，但也不能被當盤子，必要的時候用你的能力去打探一下攤販的情緒，千萬不能被唬住！」蘇經綸這會兒是個戰士，兩眼放光地交代完弟弟，轉身就跑得不見蹤影了。

「不是！哥！」蘇小雅氣得大喊，卻喊不回被菜市場這個小妖精迷惑了心神的大王，只能眼睜睜看著哥哥隱沒在人山人海中。

「你知道，擅自用精神力觸手探知他人情緒，是違法的吧？特別對方還是普通人的時候，要加重判刑？」馮艾保拿出菸盒，在掌心敲了敲，雲淡風輕地問。

「我知道！我沒有要用精神力殺價！」蘇小雅氣急敗壞地跺腳。「不要聽我哥亂講話！」

「好好好，你不要生氣。」馮艾保拿出菸來叼在嘴上，徵詢道：「我能抽一根嗎？菸癮有點犯了。」

「抽。」蘇小雅瞪他一眼，將購物袋甩到肩上，打開哥哥遞給自己的購物清單。「你一個哨兵，竟然還有菸癮？」

「怎麼？你學校教的課程裡，沒提到這點嗎？」兩人就站在自家轎車旁邊，馮艾保倚靠在車身上，他似乎總有辦法把頹廢的姿態站出一種迷人的魅力，一雙長腿隨意交叉都是一道美景。

「提到哨兵會有菸癮嗎？」蘇小雅分心看了他一眼，剛好對上馮艾保半垂下的視線。

馮艾保的眼睛是純黑色的，完全沒有雜質，專注盯著人看的時候，會給人一種無機質生命體的錯覺，蘇小雅以前在書上讀過類似的東西，好像叫做恐怖谷理論？

指的是人類對與人類相似的類人物品，比如洋娃娃、機器人之類的東西，會感到害怕甚至排斥。

明明馮艾保是個活生生的人，但蘇小雅經常在他身上感到奇怪的恐怖感及排斥感，到底出於什麼理由，或從何而產生這種情緒，蘇小雅一直都沒能搞清楚。

可當馮艾保垂著眼眸，神情懶散的時候，那雙純黑色的眼睛蒙上一層隱約的水光，就是另外一個極端的感覺了。

你會覺得，這個人在引誘自己，像是伊甸園裡的那條蛇，可怕的同時又充滿誘惑，而你終究是抵抗不了，被拖入慾念中沉浮。

當然，蘇小雅對馮艾保沒有什麼慾念，可欣賞美人算是人類天性，他不免還是被馮艾保看得微微臉紅。

「幹嘛？」他先聲奪人。

「嗯？」馮艾保歪了歪腦袋，不理解蘇小雅問的是什麼。

「你剛剛不是講到菸癮嗎？我們關於哨兵與嚮導的課程上，沒有特別提到這種事情，畢竟是個體差異。」蘇小雅清清喉嚨，不管心裡怎麼翻騰洶湧，臉上還是維持著平靜。

哼！看馮艾保看到臉紅？他才沒有這麼飢不擇食！

「不是菸癮……」馮艾保將菸吸進肺裡，很享受地讓尼古丁在呼吸間轉了一圈，才緩緩吐出來，他稍微側仰著頭，頸部肌肉緊繃，扯出明顯俐落的線條，像拉緊的琴弦。

「我建議你話一口氣說完，我們還有一個購物清單的任務要完成，不要逼我對你動手。」蘇小雅也不知道自己為什麼煩躁，就是心裡有股火氣，在遇到馮艾保的時候就會往上竄。

男人低低笑了幾聲，彷彿被小嚮導的態度逗得很樂。

蘇小雅差點被他笑得失去理智，正想發難呢，馮艾保卻把臉湊近他左耳，帶著淺淡尼古丁味道的氣息，滾燙地吹在他耳畔。

「哨兵，超過七成都有某種成癮症。有的人酒精成癮、有的人是工作成癮、有的人是沉溺於刺激的事物中……」

蘇小雅猛地朝馮艾保揮去一巴掌，哨兵帶著挑釁的輕笑俐落閃開，最後用力抽了一口菸，仰起頭「呼！」往天空吐去。

「不准湊在我耳邊說話！」蘇小雅氣得滿臉通紅。「我說過了，不許再有第三次！」

「你知道，中文裡，三可以是個虛數，代表三及三以上，約等於你這個警告沒設限，數字可以是無限大。」馮艾保把還有三分之一的菸捻熄在攜帶式菸灰缸中，摸出墨鏡掛上。「別生氣了小眉頭，除非你打算用精神力觸手揍我，否則你氣死了也阻止不了我呀～何苦呢？」

「你不要以為我不敢！」蘇小雅色厲內荏地摀著滾燙的耳朵放話：「你等著，總有一天我會用精神力觸手痛揍你！」

「好，我等。」馮艾保哈哈大笑，湊上前搭住小嚮導的肩，臉皮簡直跟防導彈坦克的外殼一樣厚。「來，讓哥哥看看，購物清單上有什麼東西？我們要是不趕快開始採購，可來不及跟你哥會合。」

「大叔。」蘇小雅很堅持，他抖了抖肩膀，卻連一公分都撼動不了肩上的手臂，真的恨不得叫出紺撓馮艾保一臉血痕。

不不，紺要是真跑出來了，誰會被撓出血還難說，畢竟那隻俄羅斯藍貓完全不把他這個本體的意願當一回事，明明該是隻高傲的貓咪，遇上馮艾保時卻總是丟臉地任人搓揉。

「我自己心裡知道是哥哥就好。」馮艾保無奈地用手指在蘇小雅翹翹的鼻尖上刮了下。「我看看，你大哥打算做法式洋蔥湯、奶油洋菇、菠菜希臘起司沙拉、焗烤馬鈴薯？這個季節的白蘆筍也不錯，你哥會做嗎？」

「會是會，但你想吃水煮的還是烤的？」既然掙脫不了，又不想在大庭廣眾之下太引人注意，蘇小雅只能忍氣吞聲了。反正，只要馮艾保別再湊到自己耳邊說話，也不是完全不能忍受。

「我喜歡烤的，但德式的奶油白蘆筍也不錯。你呢？」馮艾保勾肩搭背帶著蘇小雅往市場裡走。

蘇經綸分配的任務非常合理，他與蘇小雅負責蔬菜、水果與甜品相關食材，肉類及海鮮得交由大廚蘇經綸拍板才行，他們兩人買的東西恐怕會讓蘇經綸心肌梗塞。

「我不喜歡白蘆筍。」蘇小雅又抖了抖肩，這回馮艾保總算願意當個和善的大叔了，挪開了自己的手臂，改為虛虛地環在蘇小雅後腰上。「你這樣很奇怪，好像我們有什麼很親密的關係……」

馮艾保靈敏的哨兵聽覺，物理性當機，聽不見蘇小雅抱怨的咕噥，而是像第一次上街買東西的小孩，看什麼都很有興趣地拉著小嚮導在每個攤子前看幾眼。

市場裡人很多，購物的客人還算挺悠哉的，但攤販就非常忙碌了，不時有拖板車在不算特別寬敞的通道上飛速移動，拉車的人喊著讓路，唰一下衝過去，一眨眼就消失在人海中。

每當有拖板車衝過來，馮艾保就會扶著蘇小雅的腰往自己的方向帶一下，幾次後蘇小雅有點受不了了。

「我們換位置！」不由分說從馮艾保身後繞到另一邊，緊皺眉心警告：「手不准再碰我了！」

馮艾保笑咪咪看著他，舉高手做了個無辜的表情。「你別說這種話，好像我們之間有什麼特殊關係似的。」

蘇小雅想，還是買一把辣椒，塞住馮艾保的嘴好了。

☼ ☼ ☼

不得不說，一頓美味的食物，的確有撫慰人心、拉近距離的功能。

起碼一頓晚餐後，馮艾保覺得自己跟蘇經綸像是認識十年的朋友。

蘇經綸的手藝好得太過分，馮艾保真誠地告訴他，自己一輩子沒吃過這麼美味的晚餐，特別是烤牛肉的滋味，他吃過幾間有名的大餐廳，國內外都有過，沒有任何一道烤牛肉能與今晚蘇經綸做出的媲美。

至於其他的前菜、湯品、配菜乃至於甜點，也是令人回味無窮，只恨自己的胃不夠巨大可以多吃點。

馮艾保幾乎想乾脆留下來過夜，還能蹭一頓明天的早餐。

不過，考慮到何思跟蘇小雅都不會樂意看到他留下來，非常善解人意的哨兵自然沒被胃袋掌握了理智，話到嘴邊終究沒說出口……反正來日方長，他可以好好計畫未來怎麼逐步來蘇家蹭吃蹭喝，不說一日內把三餐蹭滿，但要集齊一日三餐還是沒問題的。

吃飽喝足，馮艾保原本打算幫忙整理餐桌、洗個碗什麼的，畢竟除了買菜，這頓飯他什麼忙也沒幫，愜意地在蘇家客廳看了一整天的電視，還玩了幾把遊戲。

下午時蘇小雅在哥哥的要求下端出水果招待客人，就看到馮艾保非常不見外地癱在沙發上，嘴裡咬著不知道藏哪裡的棒棒糖，一邊操作手機上的遊戲，一邊盯著關靜音的電視，裡頭正在播放連續劇。

嫌棄地看了這個沙發馬鈴薯一眼，蘇小雅放下果盤溜回廚房，偷偷在洋蔥湯裡加了三湯匙辣椒醬。

當然，這鍋加料的湯最後沒端上桌，蘇經綸身為一個專業的廚師，自然每一道菜都要試味道的，於是蘇小雅被哥哥訓斥了一頓，嘟著嘴被趕到客廳，不得不跟著看了一下午狗血愛情劇。

所幸除了這些小插曲，接下來的時段蘇小雅跟馮艾保都相處得挺融洽，直到兩人再次被趕出廚房，因為他們剛剛洗碗的時候各自砸了一個碗，還恰好是蘇經綸很喜歡的餐具，於是他決定在自己的心臟停止前，送走兩個瘟神。

「你們去陽台吹吹風吧？」何思提議，他挽起袖子正準備進廚房幫忙。「不要再吵架啦！起碼別讓經綸感覺你們感情差，他會很擔心的。」

「你應該提醒小眉頭，我一直很努力釋出我的善意。」馮艾保高舉雙手，表情無辜得像朵小白花。

「哼！」蘇小雅繃著臉瞪他眼，乾巴巴對何思保證：「我會跟他好好相處，不會趁機把他推到樓下去。」

「其實你推了也沒差，你家才三樓，這個高度我掉下去都不會扭傷腳。」有人偏偏要多說一句話。

「喔，好，我知道了。」蘇小雅點點頭。「不如你現在就自己跳吧？我還沒見識過哨兵的體能有多好，讓我這個小朋友開開眼界？」

「既然你這麼想看……」馮艾保咧嘴一笑。「我就偏不跳，畢竟不能剝奪你的樂趣嘛！看我自己跳多沒意思，還不如你動手推一把有趣呢，你說對不對？這也是我對你的善意啊！」

一個男人不管長得多好看，但嘴巴太賤的時候，就讓人只想在那張俊臉上揍兩拳而已。

蘇小雅真的差點沒控制住，都得多虧何思精神力觸手來得及時，把兩人都安撫住了。

「拜託，我們收拾加洗碗大概就半小時，你們就乖乖相處半小時，像今天下午那樣好嗎？」何思覺得自己像幼稚園老師，用盡耐心安撫不聽話的小朋友，還得隨時提防搗蛋鬼暴衝。

「老師你放心，我們會乖的。我可是好孩子呢～～」馮艾保語尾的波浪符號宛如實質。

蘇小雅則冷著小臉不說話，應該算是默默答應吧？

反正馮艾保不會真的對蘇小雅做什麼，何思本來就更擔心自家的小嚮導。他擔心的倒不是兩人會有什麼嚴重的衝突，馮艾保雖然為人跳脫又玩世不恭的模樣，實際上該幹嘛不該幹嘛心裡清楚得很，界線感把握得很牢靠。

他真正擔心的是蘇小雅……何思憂心忡忡，但又無能為力。

恐怕蘇小雅完全沒察覺到，自己為什麼一碰上馮艾保就像冷水掉進油鍋裡一般，沒炸出個花開富貴已經很客氣了，冷靜是不可能冷靜的。

這通常是……何思在心裡連連搖頭，告訴自己不要再想下去了，左右事情真的走到那一步之前，他最好當作沒發現，對自己的心靈健康比較有助益。

所以他很爽快地拋下勢同水火的兩人，閃進廚房陪自己的伴侶忙碌了。

「你喝酒嗎？」可能是想起自己畢竟算主人，而馮艾保是客人，蘇小雅僵著小臉，不是很情願地開口問。

「喝一點倒是可以，酒精濃度不建議超過12％。」馮艾保眨眨眼，很快補充：「啤酒不行，苦味太明顯，有人很喜歡，但我討厭。」

「我家只有啤酒跟……」蘇小雅拉開飲料櫃，迅速搜索裡面的庫存。「水蜜桃氣泡酒？水梨氣泡酒？草莓氣泡酒？」

「我看到香檳了。」馮艾保靠上去，他微微俯身，高大的身軀把小嚮導整個人籠罩在自己的陰影裡。

他身上有一股淡淡的木質系清香，隱隱約約飄過蘇小雅鼻端，不難聞，甚至可以說是很好聞。

蘇小雅的臉猛一下通紅，但他不敢動，深怕自己一動就會撞進馮艾保懷裡……這個臭大叔！

「香檳不可以！」他凶狠地粗聲拒絕：「那是我哥哥特別幫阿思哥哥買來的，法國香檳區最老酒廠去年出桶的最優品質香檳，是他們的新婚紀念禮物。」

「你哥還挺浪漫的。」馮艾保感嘆。「那水蜜桃氣泡酒吧，我記得一般都只有3%、5%？」說著，長臂一伸擦過蘇小雅的左耳，拿起有著粉嫩包裝的金屬罐子。彷彿是刻意彰顯自己修長的手指與寬大的手掌，還一次抓了兩罐。「分你一罐？」

「謝謝喔，不用。」蘇小雅縮起肩膀躲了躲，深怕馮艾保縮回手的時候，冰涼的氣泡酒罐子會碰到自己耳垂。

也不知道馮艾保幹嘛跟自己的左耳過不去……蘇小雅在心裡喃喃抱怨了幾句，用力按下呼之欲出的最合理猜想。

「我不像某些哨兵，我能喝酒精濃度更高的酒。」可以說是非常挑釁了。

馮艾保被當面嘲諷了兩句也沒生氣，反而心情很好似的低聲笑個不停，總算起身還給蘇小雅喘息的空間了。

「我先去陽台透透氣？」既然何思要他們去陽台吹風，馮艾保當然恭敬不如從命，畢竟當了大半天沙發馬鈴薯，也該收斂點了。

「去啊。」蘇小雅終於可以挺直身體，他覺得臉頰還是燙的，根本不想往馮艾保那邊看，試圖用飲料櫃裡的冷氣降溫。

有句話是這麼說的吧？

輸人不輸陣！

他知道依照哨兵那不講道理、違反邏輯的五感敏銳度，恐怕都能用耳朵聽出他臉紅了，但即使如此做人也不能滅自己威風，對方沒戳穿，就當作沒這回事，不能自己暴露。

馮艾保似乎笑了兩聲，但聲音很低，加上蘇小雅耳朵裡都是自己的心跳聲，他也不確定是不是聽錯了。

但很快隨著漸漸遠去的腳步聲，陽台的落地窗被拉開，馮艾保走出去後帶上門，蘇小雅才終於按著胸口深呼吸幾口氣，讓心跳恢復正常。

總覺得不太對勁……蘇小雅皺著臉，任由飲料櫃的冷風往自己身上吹，鵝黃的燈光照在他臉上，襯托得一張小臉嚴肅又可愛。

他知道自己面對馮艾保的時候不對勁，仔細想想他們也沒認識多久，就算精準到秒好了，也才一禮拜左右，扣除寫報告這幾天根本沒見到面，兩人直接相處的時間不包括今天，加起來可能才七十六小時左右。

蘇小雅從小就是個孤僻的孩子，看起來乖乖的，實際上幾乎不與人接近，從幼稚園到大學，畢業紀念冊上除了大頭照，生活照完全不見他的蹤影。老實說，要不是大頭照是按著學號叫上去拍照，他也根本不想露臉。

也不是說跟班上同學交惡，但就是沒有任何深交，與其說排斥，不如說他沒興趣。人際關係好麻煩的，更何況滿屋子都是嚮導的時候，稍微靠近一點蘇小雅都覺得自己整個情緒跟想法赤裸裸攤在別人面前，怎麼想都彆扭。

即使後來學會豎立屏障也一樣，他習慣把自己遠遠地隔離開來了。

但，不愛與人接觸，不代表不懂人情世故。蘇小雅在班上的人緣其實並不差，同學儘管有點怕接觸他，背後會說一些小閒話，可班上的活動啦、八卦啦、基礎交流啦，倒是從來不會略過他，該知道的該接觸的，他從來沒被落下。

大家都以為他是個不善交際，但為人和善的同學。

為什麼遇上馮艾保，他就控制不住自己的脾氣呢？甚至，冷靜想想，他對馮艾保還挺沒禮貌的。

大概是因為，他們天生不合吧？畢竟他的紺是貓，馮艾保的老鼠是隻黃金鼠，開天闢地就處於食物鏈上的敵對位置，會有基因上的排斥也是很理所當然吧？

沒錯！一定是這樣！

自覺想出了解答，蘇小雅心情就好了。他關上飲料櫃的門，拉開冷凍庫，挖出一袋冰塊，拆了後喀啦喀啦倒進一公升容量的水壺裡，接著拿出自己最近很愛的一款梅酒，咕嘟咕嘟倒了半罐進去，用攪拌棒攪了攪，直到梅酒被徹底冰鎮。

想了想，他又拿出兩個海軍藍色的玻璃杯，這款杯子握起來很有重量感，杯身的玻璃頗有厚度，杯底剔透得像藏在海裡的冰山，用來喝酒的時候，口感會特別溫潤醇厚，算是蘇小雅特別愛用的一款杯子。

拿好一壺酒跟兩個杯子，他走到陽台落地窗前，用腳丫子敲了敲玻璃窗。

寬敞的陽台上，哨兵正依靠在欄杆邊，一手拎著水蜜桃氣泡酒，一手夾著抽了一半的菸，黝黑的雙眼半閉，看不出來是打瞌睡還是在思考些什麼嚴肅的問題。

聽見小嚮導的敲玻璃聲，馮艾保抬起頭，在獨自一人時毫無表情，宛如一尊大理石雕像的男人，在看見蘇小雅的瞬間眉眼染上淺淺的、溫柔的笑意。

蘇小雅感覺自己好像聽見心跳撲通一聲，敲在自己的腦門上，還來不及搞清楚怎麼回事，情緒又瞬間消失了。

馮艾保走上前幫他拉開落地窗，輕輕吹了聲口哨。「好酒，山崎酒廠的幻鶴嗎？」

「對，喝一杯？」蘇小雅揚揚手上的兩個杯子。雖然幻鶴的酒精濃度略高，大概有21%，但釀得很好，溫潤不刺激，加上他用冰塊稀釋過了，就算是哨兵應該也能勉強喝兩杯吧？

「萬一我喝醉了怎麼辦？你要負責嗎？」彷彿嘴巴不撩兩句，舌頭會穿孔似的，馮艾保放下手上的水蜜桃氣泡酒，接過蘇小雅手中的水壺，鼻尖微微抽動，深吸了口氣。「味道果然好聞。」

「你喝醉了就在陽台睡一晚，反正我家裡沒有客房，愛睡不睡。」蘇小雅白他眼，徑直走到陽台擺設的戶外用餐桌邊，放下杯子。

「附早餐嗎？」馮艾保跟過來，把兩個杯子都斟滿了才放下水壺。

「你是不是早就在打我家早餐的主意？」

「呵呵。」馮艾保對他拋了個媚眼，拿起一杯梅酒，小心翼翼啜了一口。

他看起來很謹慎，又或者非常珍惜嘴裡這口酒，先是含在嘴中幾秒，感受到幻鶴的酒香與甘美後，才一點一點吞進喉嚨裡。

「真是好酒……」馮艾保的嘆息與幻鶴的酒香幾乎混在一起。

蘇小雅沒多說話，也端起自己的那杯酒，學著馮艾保的方式，緩緩地啜飲起來。

第二章　丈夫總是最後知道那個祕密

千羽虹區是首都圈首屈一指的繁華商業區，辦公大樓林立，全國性乃至跨國企業、餐廳旅館、百貨商場等等都集中在這面積不特別大的地方，堪稱蛋黃區中的胚胎位置。

只要能在千羽虹區租下一個七八坪的小店面做生意，幾乎可以驕傲地說自己在這一行算是小有所成了。

午餐時間，人行道上都是行色匆匆、西裝革履的上班族男女，每個人的腳步飛快，偶爾才會在街邊的餐車稍停片刻，隨意點些三明治、熱狗堡之類的速食，稍微有點閒情的人也許會買個便當，更忙碌的人也許就點杯咖啡或熱湯，乍看之下彷彿一群辛勤的螞蟻。

王平安的餐車在一個非常好的位置，三個幹道交會的街角一隅，左邊是知名跨國投資公司，右邊是國內數一數二的會計師事務所及律所等所在的大樓，更多是王平安根本聽都沒聽過，甚至不知道在幹什麼的公司。然而無論這些白領多麼光鮮亮麗，許多人也還是被他的食物給征服。

這點讓王平安非常自豪，也更樂於花時間在自己的工作上。

打從二十年前開始，他就在這一帶擺攤了，也累積了不少忠實的食客，因此每到午餐時間，總有不少人在他的餐車前排隊等待。

今天也一樣，王平安十點半就布置好了，他賣的食物不複雜，三明治、蔬菜沙拉、三種濃湯跟飯糰。

不少熟客差不多十點四十幾分就會開始打電話來訂餐，隨著時間接近餐期，他往往忙碌到眼前的人長什麼樣子都沒功夫看，他一個人是忙不過來的，所以他太太也會來幫忙。

差不多要忙到下午三點左右才能喘一口氣。

與往常一模一樣的流程，十二點半後人潮在他的餐車前聚集，有些是來拿先前電話訂餐的食物，多數是排隊點餐等餐的客人，他在餐車裡，太太則在餐車外，兩人除了確定點單外什麼話都沒時間說。

「先生，請問你要點什麼？」

王平安聽著太太明亮爽朗的聲音詢問客人，他臉上不禁露出一抹微笑，等著太太報點單給自己。

誰知道下一瞬間，外頭先是莫名安靜了一兩秒，那種死寂根本不該出現在繁忙的大街上。

王平安還來不及察覺不對勁，接著就聽見妻子混雜在慌亂驚叫聲中的淒慘悲鳴。

他嚇了一大跳，顧不得手上的蛋煎到一半，直接關了火就往外衝。

外頭已經亂成一團了，有個西裝男倒在地上，地上有大片血跡，周圍像被抽乾的真空球，除了他太太以外所有人都躲開了至少十幾步遠，甚至阻斷了馬路上的車潮。

有些人跌坐在地，有些人臉色慘白忍不住發抖，還有幾個人吐得一蹋糊塗，臉上都是淚水汗水跟穢物，現場除了混亂外沒有更貼切的形容，彷彿憑空被投擲了一顆炸彈。

「老婆！」王平安大喊，他哪有精力管其他人，空氣裡充斥著濃濃的血腥味，王太太像是雕像般，愣愣呆站在倒地男人的面前，因為是背對著王平安，他看不見究竟發生什麼狀況，心臟狂跳生怕自己老婆遭遇了不幸。

「老婆！」他衝過去一把握住太太的肩膀，把人扳向自己……

只見王太太臉上都是血，整個人失魂落魄的，應該是被嚇壞了，眼神完全失焦，甚至都沒意識到王平安站在自己面前。

「妳還好嗎？怎麼回事？」王平安也嚇得不輕，他連忙用袖子去抹太太臉上的血，那個血的顏色已經開始氧化，非常黏稠，他袖子一上去非但沒辦法抹乾淨，反而把太太整張臉都抹得血淋淋的。

「那個人……那個先生他……他突然……」王太太因為臉上的溫度跟擦臉時的痛感，勉強回過神，驚恐地眨著眼結結巴巴叫道：「老公……老公，有人……有人……血……」

圍觀的人群中有人反應過來後打電話報警，更多人在驚駭過後開始嘰嘰喳喳地交流起情報，匯聚成嘈雜不清的聲浪，隱約可以分辨出「吐血」、「還沒死吧」、「還在流血嗎」之類的詞彙。

王平安摟住太太，努力安撫她，同時觀察了下倒在地上的男人。

男人臉上都是或深或淺的鮮血，五官已經看不太清楚了，同時嘴巴、鼻孔、耳朵甚至毛孔都還在汨汨地滲出鮮血，地磚上的血跡不斷往外蔓延，看得王平安膽戰心驚，抱著太太連退好幾步。

夫妻倆瑟瑟發抖，臉上都是茫然，一時間不知道自己能做什麼才好。

☼☼☼

「為什麼，人類喜歡玻璃帷幕大樓呢？」停好車子，馮艾保整個人都有點懨懨的，他從前座置物箱裡拿出墨鏡，拖拖拉拉地不太樂意戴上。「簡直就是大型的反光柱，會讓人眼睛的那種。」

「大概是因為漂亮。」何思已經習慣他的抱怨，用精神力觸手揉了揉他的太陽穴安撫道：「你可以晚點再下去，我先帶小雅過去看看？」

「倒也不至於這樣……」馮艾保嘆口氣，回頭看了眼默不吭聲的小嚮導，露出個有氣無力的笑容。「我怕有人覺得我怠工。」

「嗯。」蘇小雅不客氣地對他點頭。

何思無奈，他最近經常有自己像是電燈泡的感覺，要不是偶爾得靠他的精神力觸手解決紛爭，他都覺得自己礙眼了。

「下去吧，當事人已經送去醫院了，我們就是在現場看一下狀況，問問目擊情報。」何思把那種莫名其妙的心態先甩到腦後，盡責地對蘇小雅解釋：「這是你的第一個現場，鞋套跟手套都要戴好，不可以輕易拿下來，知道嗎？」

「嗯。」蘇小雅慎重地點頭回應。

「其實也沒這麼絕對，反正出問題了，頂多寫個報告，記個過，扣個考核，影響將來升遷而已。」馮艾保在一旁笑咪咪地插嘴。

蘇小雅理都懶得理會他，接過何思遞過來的鞋套跟手套，在確定進入現場前把它穿戴上後，直接開門下車。

處於亞熱帶國度，這個季節的陽光烈得讓人難受，周圍七成都是玻璃帷幕大樓，日光照射在上頭時，經常反射出刺眼的光暈，遠遠看起來波光粼粼的。

好吧，他算是明白馮艾保的意思了，這個區域對哨兵來說確實不太友好。但話又說回來，在千羽虹區上班的哨兵其實不在少數，白塔案裡短暫露過一面的舒璃似律師，就是在這一區上班。

所以說，肯定還是因為馮艾保特別嬌氣吧？蘇小雅暗暗這麼想。

何思也跟著下了車，他們離案發現場不遠，從這個方向看過去，可以看到圍起來的警戒線，以及三三兩兩還在登記個人訊息的目擊群眾。

午餐時間已經結束，大部分的人即使受到衝擊或好奇，也不得不趕緊回到自己的崗位上繼續工作，反而沒什麼圍觀群眾。

「喔？有個餐車呢！」磨磨蹭蹭的馮艾保終於下車了，他臉上掛著遮住半張臉的墨鏡，濃黑得像兩個黑洞，襯得他麥色肌膚都慘白起來。

防曬效果肯定非常棒。

「怎樣？你難道想吃嗎？」蘇小雅忍不住挖苦。

「確實是有點餓了。」馮艾保揉了揉肚子。

他長得好看，五官都非常精緻，一掛上墨鏡更是帥得讓人看了就臉紅。可無論怎樣的帥哥，都扛不住被貪饞的嘴臉破壞。

不過，這只是蘇小雅的個人意見。

「你不是才吃過午餐嗎？」蘇小雅不爽地碎念，也不知道哥哥怎麼就跟馮艾保一見如故了，打從那天晚餐聚會後，每天哥哥除了幫他跟何思準備便當外，也不忘給馮艾保一份。

雖說馮艾保不是吃白食，實際上是有給菜錢的，但看到他跟自己吃一樣的菜色，蘇小雅就覺得這個世界還是趁早毀滅好了。

「兩位！兩位！現在是工作中，乖，不要吵架。」何老師不得已再次出面緩和爭端，想他堂堂一個S級嚮導，從沒想過要當超齡幼稚園生的保母。

蘇小雅扁著嘴，大動作走到何思左側，離馮艾保遠遠的。

哨兵看在眼裡也沒當一回事，晃晃蕩蕩地跟著兩個嚮導走進警戒線中。

地磚上的一灘血看得人怵目驚心，因為天氣太熱，陽光蒸騰著地上殘留的血漬，鐵腥味瀰漫在空氣中，馮艾保略顯狼狽地發出乾嘔聲，何思連忙替他豎起更有效的屏障。

「感謝……這味道也太衝了……」馮艾保嘴唇微微發白，精神看起來越發委靡。「流這麼多血，人還能活著嗎？」

「我還沒跟醫院聯絡，晚點就知道了。」何思搖搖頭，其實以他們的經驗來看，就算及時送醫，恐怕這灘血的主人也凶多吉少了。

「那邊的兩個人是？」蘇小雅很快注意到依偎著坐在餐車前的中年夫妻。

妻子臉上驚魂未定，還殘留著沒擦乾淨的血跡，整個人彷彿只剩一口氣隨時會昏倒似的。

丈夫緊緊抱著太太安撫，儘管他的眼神也透露出茫然無措，應該也是被剛剛發生的慘劇嚇得不輕，但相對來說還算是平靜。

「他們是目擊證人。」在一旁的員警適時回答：「太太剛好在為當事人點餐，聽說剛交談兩句，對方就一口鮮血直接噴到太太臉上，然後又仰天噴了一大口血，才倒在地上。」

「這麼刺激的嗎？」馮艾保吹了聲口哨。

「完全沒有徵兆嗎？」蘇小雅問。

員警聳聳肩，他剛登記完十幾二十個目擊群眾的資料，被曬得臉都通紅了。「我還沒仔細問，其他目擊群眾也都沒什麼有效的證詞。這裡是辦公區，午休時間短的只有半小時，長的才一小時，大家都懶得理會身邊的人。」

繁華的代價就是極端的冷漠，這並不是什麼特別令人意外的事實，卻對他們辦案平添些許麻煩。

「好吧，我們過去問問可憐的太太吧！順便，我聞到了巧達濃湯的味道，不知道一碗多少錢啊？」

「你為什麼總是要多說一句話呢？」蘇小雅真的很想用精神力觸手摀住馮艾保那張嘴！

馮艾保對小嚮導露出一個欠揍的笑容，才心滿意足帶著蘇小雅去向餐車主人問話，而何思則負責與醫院聯絡受害者目前的狀況。

兩人走近餐車後，血腥味與食物的味道混合起來，蘇小雅也有點受不了，果斷地封閉自己的嗅覺。可馮艾保剛剛明明還因為血腥味而乾嘔，現在卻抽著鼻尖應該是在嗅聞食物的味道，這人的神經真的令蘇小雅匪夷所思。

與上次相同，馮艾保懶懶散散地站在一旁，讓蘇小雅先上前問話。

這對中年夫妻都是普通人，在馮艾保剛靠近的瞬間，太太就跟驚弓之鳥似的往丈夫身後躲，顯然還沒有從驚嚇中恢復過來，這也難怪，畢竟誰都無法想像被人噴了滿頭鮮血是什麼樣的感覺，但肯定絕對不是簡單的「驚駭」兩個字可以形容。

更別說，為了維持現場完整，也為了第一時間掌握目擊資訊，太太甚至都沒能去把身上的血跡洗乾淨，頂著陌生人的鮮血站在陽光下。

設身處地想想，跟地獄的差別也不大了。

身為嚮導，蘇小雅很自然伸出精神觸手去安撫這對夫妻的情緒，他雖然使用得不算熟練，沒有何思那麼高效率，但四、五分鐘後，狼狽的夫妻兩人總算平靜了一點，太太渙散的目光也重新凝聚起來，淚水立刻漫流出來，咬著牙啜泣。

「來，請用。」蘇小雅體貼地拿出濕紙巾遞過去。

鑑識人員先前就已經從太太臉上跟手上採集了血液樣本，現在擦掉也沒關係了，雖然還不能讓他們離開去徹底梳洗，但多少能減少一點身上的異物感。

「謝謝……」王太太哽咽著接過濕紙巾，正要往臉上抹，卻被王平安攔了下來。

「老公？」

「我幫妳擦，眼睛閉上啊？」王平安溫柔地安撫，他想到萬一太太自己抹完臉，肯定會看見濕紙巾上的鮮血，又會再受一次驚嚇，連忙出聲阻止，拿過濕紙巾小心翼翼替太太抹去臉上的痕跡。

很快，王太太臉上的血漬被擦去了大半，王平安沒讓太太看到鮮血淋淋的濕紙巾，隨便塞進自己圍裙的口袋裡，打算晚點扔掉。

「我方便問話嗎？」蘇小雅看兩人稍微整理過後，心情平緩許多，王太太也終於停住了哭泣，這才開口詢問。

王太太愣愣地點點頭，把腦袋依靠在丈夫肩上，閃躲著馮艾保跟蘇小雅的目光。

「你們一直都在這裡擺攤嗎？」

「對，二十多年了，除了週末假日，每天上午十點半到下午五點，我們都會在這裡擺攤。」王平安回答。

「一直都是兩人一起工作？」

「這十幾年都是，最開始五六年我是自己擺攤的，但後來忙不過來，所以我太太才來幫我。通常都是我在餐車裡工作，她在外頭招呼客人……誰知道會遇上這種事情……」王平安心疼地拍了拍妻子的背，聲音微微發顫。

「所以，今天你也在餐車裡工作，並沒有第一時間目擊到事發經過？」

「沒有。我聽到我太太招呼某個客人，心想她等等就會跟我報點單，但我沒有聽見客人的回答，接著就聽見她的尖叫，外面也很多人在尖叫，我就趕快跑出來看發生什麼事情了。」說著說著，王平安不由得自責起來。「我應該要更早發現狀況不對勁。」

「現實來說，你沒辦法。」馮艾保突然插了一嘴，當場讓王平安本就不好的臉色，又更加蒼白了幾分，眼神裡都是惶然。

蘇小雅怒瞪馮艾保，但礙於有外人在場，他只能按捺下心裡的不爽，皮笑肉不笑地對哨兵道：「你如果有想問的問題，不如先來？」

馮艾保比了個拉上嘴巴的動作，揮了下手請蘇小雅繼續。

警告地瞪了哨兵一眼，小嚮導再次把注意力轉回王平安夫婦身上，搭配精神力安慰道：「抱歉，我的搭檔不太會說話，他沒有惡意。只是，這是件意外，誰都沒辦法事先察覺，你不需要過多自責。」

王平安感激地對蘇小雅點點頭。

「王太太，我能跟妳請教幾個問題嗎？」儘管王平安配合度很高，但他知道的訊息顯然並不多，蘇小雅終於對王太太開口了。

王太太是個很普通的中年女性，她個子不高，身形頗為豐腴，瑟瑟縮縮地依靠著丈夫，在聽見蘇小雅的問題後，整個人猛烈地抖了下。

「我、我……好……」然而她沒有拒絕，只是更用力握住丈夫的手。

「王太太妳別緊張，要是有想不起來的問題，也不用勉強回答，可以等之後妳心情穩定了再跟我們聯絡。」

「好……」王太太用力點點頭，聲音依然顫抖著，但順暢不少，顯見蘇小雅的安撫起了不小的功效。「我知道這位先生是誰……」

然後，她給出了一個連馮艾保都瞬間站直的答案。

「妳知道對方是誰？」馮艾保插話問。

「呃……」王太太怯生生瞄了眼半張臉被墨鏡遮住的高大哨兵，瑟縮道：「我不知道他的名字，我就是、就是認得他，聽他的同事叫過他卜經理，是我們餐車的常客，這五年來幾乎都是固定時間來點餐，每次點的食物都差不多，凱薩沙拉、醬油烤飯糰兩個，如果那天有巧達濃湯，他就會點一碗，我曾經跟他推薦過其他食物，但他從來沒點過。」

「既然是熟客，那妳有發現這位卜先生在吐血前，有什麼異常舉動嗎？」馮艾保直接卡上蘇小雅的位置繼續問。

蘇小雅有點不高興，但還是乖乖讓到一旁，繼續用精神力安撫王太太的情緒。

「異常的舉動？」王太太表情迷惘。

「對，既然他每天都會在固定時間出現，點幾乎一模一樣的食物，代表這個人的生活很規律，性格也嚴謹，那他的神態平常應該也都差不多才對。今天有什麼讓妳覺得不一樣的地方嗎？」馮艾保的聲音很平穩有力，很好地起到引導王太太思緒的作用。

被這麼一提醒，王太太啊的一聲用力點點頭。「有有有有，警察先生你說得對，卜先生平常的表情都很冷漠，人也都站得直挺挺的，看起來就很有菁英的感覺。可是，他今天站得有點歪歪的，好像身體不太舒服，臉色也很蒼白，在點餐的時候，還用手摀著肚子。」

「摀在哪個位置？」

「大概是……這個位置？」王太太在自己身上比劃，遲疑了一會兒後，把手掌按到胃的地方。「應該就是這裡沒錯，我想起來了，當時我就在想，卜先生是不是胃痛。我自己的胃不好，經常會不舒服，每次痛就會揉一揉這個位置。」

「妳說他臉色很蒼白，具體來說多蒼白？還有沒有其他狀況？」

「有多蒼白這個……呃……怎麼說呢……呃……」王太太無措地往蘇小雅看了眼，似乎招架不住馮艾保的問題，臉色也白了幾分。

「來，看看妳現在的臉色，對比當時卜先生的臉色，怎麼樣？」馮艾保神奇地從懷裡摸出一個小鏡子，啪！在王太太眼前打開。

蘇小雅簡直嘆為觀止，但透過精神力觸手，他發現王太太跟王平安已經完全被馮艾保掌控了，專注力、情緒跟想法完全隨著馮艾保的言行起舞。

王太太這時候專心看著小鏡子裡自己的臉色，半天都沒眨一下眼睛，甚至連王平安也跟著看。

「我覺得……」一分多鐘後，王平安有些遲疑地先開口：「雖然我看到卜先生的時候，他全身都是血，但是沒有沾到血的部分，與其說慘白，我覺得好像有點灰灰的？」

「灰灰的？」蘇小雅疑惑。

「對，就像我老公說的那樣！我現在回想，卜先生的臉色白到有點泛青灰色的感覺，連嘴唇都沒有血色，就是那種你一看見就會嚇到，想說是不是應該去看個醫生比較好。」王太太連連點頭地補充。

「原來如此。」馮艾保收回小鏡子，因為半張臉都藏在墨鏡下，所以看不太出來表情，只有微微揚起的嘴角有他平時的模樣。「之後他就吐血了？」

一提到吐血，王太太立刻回到那讓她嚇得魂不附體的當下，眼眶又紅了起來，哆嗦道：「對，我、我……剛問卜先生要點什麼，他還沒有回答我，但我想應該跟往常一樣，正想跟他說今天有巧達湯的時候，突然……我也不知道發生什麼事了，他突然直勾勾看著我，眼睛好像要凸出來一樣，接著就……就……就……」中年女人抖得話都說不出來，眼淚滴滴答答往下掉。

「噴了妳一臉血。」馮艾保替她將話補完，而女人已經倒在丈夫肩上，再次哭得渾身顫抖。

這次，蘇小雅也安撫不了王太太了。

原本，人類受到太強烈的驚嚇後，就是應該適度地發洩出來，對心理健康來說才是有益的。適才雖然用嚮導的能力勉強安撫住王太太，但說到底也只是把她的害怕痛苦往後延緩而已。

所幸馮艾保也差不多問完話了，蘇小雅乾脆不再用精神力繼續安撫王太太，讓她好好發洩出來。

「最後，我還有一個問題。」馮艾保對緊抱在一起互相安慰的夫妻舉起一根手指，唇邊掛著大大的笑容。

「請、請問……」王平安畢竟沒直面最恐怖的一幕，他現在的心慌更多是對太太的憐惜，所以即使紅著眼眶，也很快回應了馮艾保。

「剛才你們兩位說，平常有很多常客會來買午餐，太太這十多年來都在餐車外負責點餐，先生在車裡應該也都能聽見太太點餐的聲音。我想請問，王先生，你是否能從太太的語氣或詢問中，判斷外頭的是一般客人還是熟客？」

「可以啊！我太太記憶力很好，她平常都會跟熟客打招呼，攀談幾句，而且跟熟客點餐的時候，幾乎都會直接問出他們今天是否要吃那些餐點。我們是小本生意，能讓客人有賓至如歸的感覺，最容易提高客人的忠誠度了！」王平安不加思索就回答，沒注意到靠在自己肩上哭泣的太太，似乎哽了幾秒。

「這可真有趣啊。」馮艾保揉揉下顎，笑容非常親親切。「王太太，我恐怕要請妳來警局一趟了，好嗎？」

悲傷的嗚咽聲戛然而止，一股難以言述的寒意，從精神力觸手傳遞給了蘇小雅，他不由自主地抖了抖。

☼☼☼

從受害者身上拿到的物品可以確認，他是現年三十八歲的卜東延，也是國內最大的會計師事務所的副理，前陣子剛升的職。

已婚，育有兩子一女，妻子是大學同學，目前是專職家庭主婦，已經打電話通知她前往醫院，但因為最小的孩子才只有三歲，卜太太一時走不開，說是會晚點再到，但會通知男方父母先趕過去。

既然醫院仍在搶救中，那就不是馮艾保三人出場的時候，他們手邊還有個嫌疑犯要審訊。

王平安與太太來到警局後，就被分開了。王平安的口供基本上沒有可疑的地方，他確實如自己所說，一直都在餐車裡忙碌，幾個排隊的食客都能證明這件事。

所以警方並沒有特別拘留他，想離開隨時可以走，但他選擇留下來等自己的妻子結束問訊。

蘇小雅撩起百葉窗一角，觀察了一會兒等在外頭，臉上都是茫然與焦急，整個人憔悴了好幾歲的王平安。

「我覺得他應該沒說謊。」蘇小雅放下百葉窗，回頭對何思這麼說。

「看起來是，他的情緒符合聽到妻子有所隱瞞的震驚，以及害怕妻子惹上麻煩的焦慮。」何思點頭贊同，他能探知到比蘇小雅更詳細的情緒波動，加上經驗判斷，王平安應該是自始至終都沒察覺到妻子的不對勁。

「這我不好肯定。」馮艾保卻意外地和兩個嚮導持不同意見。

「怎麼說？」何思不認為馮艾保是故意抬槓，實際上，即使他擁有精神力這個武器，但很奇怪的在對人類情緒的判斷上，卻經常沒有馮艾保那麼準確。

十年來，他都想不明白為什麼，畢竟他接觸過的哨兵通常對情緒感知比較遲鈍，大概是因為五感太敏銳，導致他們沒有更多精力去詳細分析別人的情緒與微表情。

但馮艾保就是個例外。

「先說，我沒有證據，就是個感覺而已。」馮艾保看蘇小雅皺起眉，似乎不是很認同的樣子，忍不住笑著先幫自己打個補丁解釋。「今天的事件，王平安應該是真的不知道詳細發生經過，一開始也不覺得太太會牽涉其中，只是很單純地在擔心自己的太太。這點，我相信你們兩位是認同的？」

「算是……」蘇小雅不太甘願地同意。

「但是，他在聽見自己的太太可能涉案之後，表現得太冷靜了。」馮艾保拿起掛在自己領口的墨鏡，撩起百葉窗一角，對兩個嚮導努努嘴。「喏，你看，他的坐姿很緊繃不假，但他手裡還有一杯熱咖啡。我從味道判斷是咖啡牛奶之類的高甜度飲品，甚至用的還是自己的環保杯，聞起來應該是警署斜對面的咖啡廳賣的飲料。我猜，剛才我們沒注意的間隙，他出去幫自己買了杯咖啡。」末了，馮艾保低低笑了。

剛把王平安夫婦帶回警局時，場面著實混亂了一陣子。王平安本來就不是他們重點關注的對象，他就算偷偷溜走跑回家，短時間內也不會引起大家的注意。

但他偏偏就是去買了杯咖啡，還為了省錢，使用自己隨身攜帶的環保杯，再回警局來等待妻子。

儘管很多營養學家都持否定論點，可不少人還是覺得糖分可以安撫自己的心情，讓自己好過一點。王平安的行為就是典型的自我安撫，他喝飲料的動作很慢，好幾分鐘才會小小啜一口，在嘴裡含一陣子後慢慢吞下，眼神與其說惶然，不如說麻木，渙散地盯著某個不知名的點。

「確實有問題……」何思也察覺不對勁，贊同地點點頭。見蘇小雅臉上的茫然，很體貼地解答：「就我們的經驗來說，像王平安這種表現出對妻子強烈信任跟保護欲的人，不會在聽見自己的太太被懷疑涉案的時候，這麼平靜地喝飲料等待。脾氣好一點的人，會在走廊上走來走去，藉以發洩自己心裡的焦躁跟對警方的不滿；脾氣差一點的人，就會跟我們暴發一些衝突，嚴重一點也曾經有過肢體碰撞。」

「喔……」蘇小雅點點頭。「我懂了，王平安什麼都沒做，他甚至首要把自己的情緒安撫下來，這更像是已經接受太太有嫌疑的事實，搞不好都認定太太就是犯人了。他正在思考後續該怎麼處理……那麼他情緒裡的焦慮，很可能是為了請律師的費用，或者其他更現實的問題，並非針對太太被懷疑這件事？」

「沒錯，小眉頭加十分。」馮艾保放下百葉窗，誇張地鼓掌讚美。「說真的，你只實習一個月太可惜了，真的不考慮簽下入職申請嗎？」

蘇小雅抿抿唇，假裝沒聽見馮艾保的問題，繼續盯著何思問：「所以這對夫妻是貌合神離嗎？否則，為什麼王平安這麼快就接受了這個事實？」

「很難說，他們夫妻的事情還不是我們現在需要去調查的重點，首先，我們得去訊問王太太。」何思聳聳肩，這個世界上最複雜難懂的幾種關係就是：父母子女、兄弟姊妹、丈夫妻子、公婆與丈人丈母娘。

這些關係都沒有什麼想當然耳，總會在出乎你意料的地方出現爭端。

「要讓小眉頭試試嗎？王太太是普通人，應該是練習的好對象。」馮艾保用拇指比了比雙面鏡另一頭的中年女性道。

「也不是不行……」何思沉吟，他還是不太願意看蘇小雅走警察這行，但從上次審訊安德魯的結果來看，這孩子是很有天賦的。再說了，馮艾保也確實需要另一個嚮導搭檔……

「我要去，讓我試試。」蘇小雅積極地舉起手，兩眼放光地看著何思保證：「雖然我還很生澀，但我不會讓你失望的！」

何思嘆口氣，點頭答應了。

小嚮導很開心，雖然臉上表情依舊很淡，眉眼卻都是飛揚的，還偷偷朝馮艾保揚了揚下巴，看起來像示威，但對哨兵來說這簡直就是在跟自己撒嬌，襠部瞬間就有點不合時宜了起來。

「馮艾保！」何思立即察覺到，精神力觸手唰一下張開，威嚇地對馮艾保發出劈啪聲，警告他最好立刻按捺住下體那團鼓起來的東西。

所幸這時候蘇小雅已經離開監控室了，否則難講紺會不會竄出來又鬧騰起來。

何思真是心力交瘁啊！

說真的，要不是蘇小雅是自己家的孩子，年紀又真的太輕，依照兩人這麼明顯的生理跟心理表現，他一定會勸兩人去做匹配度鑑定，認真考慮是否要成為結合伴侶。

簡單說，蘇小雅會對馮艾保這麼敏感，馮艾保又經常對蘇小雅不合時宜，說到底應該是他們的費洛蒙彼此吸引。馮艾保應該是察覺到了，所以才會老故意撩撥蘇小雅，可是蘇小雅是個比較遲鈍的孩子，他顯然是把自己對馮艾保的感覺全部歸於排斥感了。

也不知到馮艾保怎麼想的……如果他有意思跟蘇小雅發展為結合伴侶，那就不該老這麼激怒挑釁蘇小雅才對，他又不是個傻子，甚至還是個過度聰明的人，現在的態度著實令何思猜不透。

眼看蘇小雅打開了審訊室的門，馮艾保也拉著椅子在雙面鏡前坐下，何思決定先把這件事放到腦後，也許過兩天再單獨與馮艾保聊聊，確定他到底有什麼打算，而自己又想怎麼回應這件事。

在何思苦惱身邊兩人的關係該如何處理時，蘇小雅已經推開了審訊室的門，在王太太緊張地注視下，拉開了女人對面的椅子坐下。

「沈佳彤是嗎？」蘇小雅瞄了眼手上的資料問。

王太太，也就是沈佳彤，看起來比實際年紀要輕一點，她其實已經年過半百，但乍看之下似乎才剛四十歲左右，臉上幾乎沒有皺紋。因為跟著丈夫擺攤，又都是在中午這種陽光最烈的時候，皮膚被曬成健康的褐色。

除了剛進警局時她鬧了一場，說什麼對不起老公，她是個壞女人，她是愛老公的，老公不要放棄她之類的，扭得跟一條鰻魚似的，要不是抓住她的人是馮艾保，搞不好還真會被掙脫。

後來她就安靜了，乖乖坐在審訊室中，低著頭沉默不語，似乎也沒聞到自己頭髮上殘留的血腥味，在密閉的空間中即使有空調，還是令人感到不舒服。

所以蘇小雅進來前就暫時封閉了自己的嗅覺。

聽見問話，沈佳彤拱起肩膀瑟縮了下，像隻驚弓之鳥，怯生生地低頭躲開了蘇小雅的注視。

「妳認識這次的受害者嗎？」蘇小雅又問。

沈佳彤還是低著腦袋，她只是案件關係人，所以手上並沒有任何鐐銬束縛，她交握著雙手抵在膝蓋上，捏得很用力，手指都通紅了，不時顫抖幾下，也不知道究竟聽沒聽見蘇小雅的問話。

「沈佳彤？沈女士？」

低著腦袋的中年婦人這時猛地抬起頭，身體激烈地往前撲，雙手啪一下攀上金屬桌面，一副要衝上前撕打蘇小雅的架式。

蘇小雅被嚇到了，立刻起身往後閃避，豎起精神力觸手，戒備地看著粗重地喘著氣，兩眼瞪著幾乎突出眼眶的沈佳彤。

「沈女士，請妳冷靜一點，我只是……」

「人是我殺的！我承認人是我殺的！對，我認識他，他就在那棟什麼德、德蒙克大樓工作！我都告訴他不要再來找我了！我已經告訴他了！我不能繼續對不起平安，平安對我這麼好，他這麼愛我……他太愛我了，所以他還是來找我了……為什麼？為什麼？你告訴我啊！我都叫他不要來了！」沈佳彤一邊喘氣一邊嘶吼，一雙赤紅的眼睛緊緊盯著蘇小雅，最後幾乎是尖叫：「我殺了他！我殺了他！我殺了他！我殺了他！」

她吼得嗓音嘶啞，直到尖嚷完最後一聲，沈佳彤瞬間像全身的力氣都被抽乾了，頹然倒坐回椅子上，還差點沒坐穩滑倒在地，雙腳倉皇地在磨石子地上蹭了幾下，才免於最後的狼狽。

她斷斷續續地喘著氣，眼神渙散，淚水從布滿血絲的眼眶中滾落，哭得無聲無息，與剛才的瘋狂形成強烈對比。

蘇小雅謹慎地又觀察她片刻，才將長桌擺回原位，拉著椅子回到沈佳彤對面坐下。

從精神力觸手傳來的情緒，眼前的女人非常悲傷，也非常混亂，她隨時可能又瘋狂起來，但攻擊性倒是並不強，更多的是一種……蘇小雅微微皺起眉，遲疑地再次分辨自己感受到的情緒。

與其說罪惡感或懊悔，沈佳彤混亂悲傷的情緒中，夾帶著滿足與得意，得意於有一個男人，或者兩個男人，深深愛著自己……

很不對勁。

「沈……」

蘇小雅剛開口，沈佳彤又猛地瞪向他，眼泛淚光地打斷他。

「叫我王太太。」她臉上露出一抹少女般甜蜜天真的淺笑，又強調一次：「叫我王太太，我喜歡被稱為王太太，我老公好愛我的，他也會高興。」

「好，王太太。」蘇小雅從善如流。「妳說妳與受害者有婚外情的關係，是嗎？」

「對。」王太太連連點了好幾次頭，似乎怕蘇小雅不相信，還補充道：「他跟他太太並不幸福，因為他太太不願意陪在他身邊，總是很忙碌……很忙、很忙，不像我，我一直陪在我老公身邊，所以他很喜歡。」

「你們的婚外情持續多久了？」

「持續多久……很久啊……非常久……我記得，我第一次跟他見面時，他才剛來這一區工作，我忘記是幾年前的事情了，那時候他還不像現在這麼成功，身上穿著便宜的西裝，領帶都沒搭配好，在千羽虹區跟其他人都不像……完全不像……」王太太陷入回憶裡，眼神溫柔，絮絮叨叨講個沒完：「我其實觀察他好幾天了，他特別跑到外面吃飯，帶了一個很小的便當，裡面都是些微波食品，一點都不好吃。他太太很失職，完全沒盡到一個妻子照顧丈夫的責任，自私又下賤！」

眼看王太太又有發狂的跡象，蘇小雅當即打斷她的回憶。「既然他這麼愛妳，妳為什麼要殺了他？」

王太太的注意力果然被轉移了，她維持著猙獰的表情，愣了好幾秒，神態又恢復怯懦，吶吶道：「是我跟他提出分手的，因為他跟他太太要離婚了，他希望可以跟我結婚。不行的……怎麼可以呢？我這麼愛我老公，我為了我老公，當年還辭掉工作，就為了陪在他身邊……不行的……」

王太太如嘆息一般，聲音輕得像害怕吵醒什麼美夢，眼中含淚卻隱約帶笑，那些原本隱藏在心底深處的滿足與得意，一點一點流瀉而出。

蘇小雅把手肘撐在桌面上，十指搭成塔狀，擋住自己鼻子以下的臉龐，沉吟著沒有回應王太太。

女人也並不需要他回應，自顧自說著：「我知道大家都會懷疑，為什麼他那種年輕、事業有成又長得好看的男人，會看上我這種平凡又年紀大的女人……唉……你們都太愚昧了，這個世界上男人就該和女人在一起，就像哨兵應該和嚮導在一起，獨自一人是無法生活在世界上的，只要是人就會感到孤獨。既然結婚了，就應該要為自己的丈夫奉獻所有，要陪伴他、要照顧他、要感謝他，就像我這樣。」

「所以，他是被妳的……」蘇小雅咬住了牙關，忍下差點脫口而出的苛薄評語，選了個中性點的詞彙繼續：「體貼，或者說奉獻，而深深吸引囉？」

「當然。」王太太得意洋洋地揚起下巴，一臉不屑地看著蘇小雅。「你是嚮導吧？我聽說警察局裡負責訊問犯人的都是嚮導，這不就是你們為哨兵分勞的最好證明嗎？哨兵有更重要的任務在身上，嚮導就應該像我們女人一樣，把後勤工作做好，不要給自己的老公增加麻煩，要讓他們開開心心的。」

蘇小雅不能對王太太動手，他只能惡狠狠地瞪了眼雙面鏡。

接收到他的憤怒，雙面鏡另一邊的馮艾保嗤嗤笑出聲來。「我喜歡這位王太太，我希望能被人當國王一樣供奉起來。」

「你也知道是供奉。」何思翻個白眼挖苦。但很快他的注意力回到審訊室。

「你覺得，我是不是應該進去幫個忙？這件事不對勁，我懷疑王太太根本就不是犯人。」

「嗯哼，你要進去我不反對，但醜話先說前面，要是小眉頭生氣了，我不負責喔！我會第一時間逃走的。他不會對你生氣，我才不為你背鍋。」可以說非常不給何思面子了。

何思被說得啞口無言，還真找不到一句話反駁馮艾保。

末了，只能乾巴巴地道：「好吧，這也算是一個磨練，總要讓小雅有始有終才是。」

先不論兩個大人互相卸責的結果如何，那頭蘇小雅也已經察覺蹊蹺之處。

他再次打斷王太太的喋喋不休，開門見山問：「既然妳說受害者是妳殺的，那妳是怎麼做到的？」

「我……我是怎麼做到的？」王太太猛然哽了一下，沒出口的絮叨全都吞回肚子裡，呆呆地看著蘇小雅，彷彿聽不懂他的問題。

「對，既然妳堅持是自己殺了受害者，而且原因是妳要跟他分手，但是他不願意還繼續糾纏，那麼，妳是用什麼方法殺了他的？」蘇小雅輕輕敲著桌面，咚咚咚的聲音有效地凝聚了王太太的注意力。

女人看著蘇小雅敲擊桌面的手指，目光儘管還是有些失焦，卻沒有先前的瘋狂或渙散，愣愣答：「我、我就是殺了他……」

「就我們掌握的目擊證詞，所有人都說妳跟受害者站得並不算特別靠近，他甚至都沒跟妳說到話，就直接吐血倒下了，妳能不能說說看，妳是用什麼辦法殺了他？」

咚咚聲倏地終止，王太太整個人猛烈地抖動了下，茫然失措地看向蘇小雅，張著嘴半天答不出話來。

「王太太，請妳回答我的問題。」

過了十幾秒，王太太才結結巴巴開口：「我、我……我下了毒。」

「下毒？怎麼下？下在哪裡？下了多久？用的是什麼毒物？」一連串的問題顯然令王太太招架不住，她漲紅了臉，嘴唇開合數次，最後用幾乎是怨毒的眼神看著蘇小雅。

「我就說是我殺的，你為什麼還要問這麼多問題？他愛我不得，糾纏不休，我為了家庭和諧，只能殺了他！我不都說了嗎？」王太太又尖嚷起來，吼得口沫橫飛。「我知道他愛我，我知道他愛我，你們懂什麼？所以我下毒殺了他！他天天來我們餐車吃飯，就為了看我一眼，他知道我不能離開我老公，但他還是很愛我，天天看我一眼就心滿意足了……對……他這麼愛我……」

「王太太。」蘇小雅又敲了兩下桌面。

「你還要問什麼！你根本都聽不懂我說的話！你才幾歲，你能明白我們之間的愛情與痛苦嗎？我也不想殺了他啊！我不想的！但是沒辦法……你懂什麼！你一個毛都沒長齊的小朋友，懂什麼！」王太太扯著頭髮，神態癲狂地看著蘇小雅吼叫，眼神裡都是仇恨。

「告訴我，受害者叫什麼字？」蘇小雅不再理會她對自己展露的攻擊性，低聲而果斷地喝問。

王太太僵住，張著嘴直著眼，像是傻了。

「回答我。」蘇小雅又加重了語氣。

「我、我說過了，我告訴過你們了，他、他是卜經理……」王太太回過神，怯懦地回道。

「名字，他的全名是什麼？」

「全……全名？我……我……他……我說了，他叫做……他叫做……卜經理……對，他叫做卜經理……卜經理……」說著，王太太眼珠子猛一下翻白，口吐白沫地翻倒在地。

第三章　什麼樣的人才會殺人呢

蘇小雅不知道自己是怎麼被帶離開審訊室的，他腦子空蕩蕩地嗡嗡作響，王太太扭曲的臉龐與抽搐的身軀死死烙印在視網膜上，無論他怎麼閉眼睜眼，那個畫面都依然在眼前揮之不去。

他隱約感覺到有人牽著自己的手，很溫和滾燙又有力的手，一隻握著他的手腕，一隻虛攬在他腰上，帶著他踉踉蹌蹌地走出審訊室。

「來，喝一點。」低柔的聲音，從他的左耳傳入腦中，蘇小雅縮起肩膀哆嗦了下，又用力眨了眨眼。

模糊的男人身影重疊上王太太那張扭曲的臉，他看不太清楚跟自己說話的人是誰，只覺得聲音非常耳熟，有種非常好聞的味道蔓延開來，直上腦門，很有效地安撫了他腦中的嗡鳴與眩暈。

他握住男人塞進手中的罐子，微燙的溫度在掌心裡像個小太陽，他毫無自覺地鬆開了緊繃的肩膀，緩緩地吐了一口長氣，將東西舉到鼻下嗅聞著甜甜的香味。

跟之前聞到的味道不同，他有點失望，但甜滋滋的氣味總有種不一樣的魔力，很容易讓人放鬆心情，蘇小雅也不例外。

他突然想到先前馮艾保在何思審訊安德魯的時候，跑去買了一瓶「極濃雲朵咖啡」回來，他那時皺著眉頭不解，何思平常明明都喝黑咖啡，不加糖也不加奶精，最多會加點牛奶，馮艾保身為搭檔，難道不知道嗎？

後來何思咕嘟咕嘟把那瓶聞起來能溺死螞蟻的飲料喝完了，蘇小雅當時不能理解為什麼，現在他有點懂了……

「來，喝一點。」溫柔的聲音再次在左耳邊響起，真的很像中提琴的音色，語尾帶點喉音的震動，柔和讓人心頭發癢。

蘇小雅乖順地湊到杯子邊緣——他現在才發現，自己手中不是罐子，而是一個馬克杯——吹了吹杯緣上的熱氣，小心翼翼啜了一口。

甜得膩人的味道在舌尖上擴散，帶著恰到好處的熱度，有點燙舌又不至於讓人難以下嚥，就好像喝下一口可可味的岩漿，濃稠但順滑地從咽喉往下漫流，穿過食道進入胃裡，彷彿吞進一個太陽，從小腹散發熱度蔓延到全身。

腦中的嗡鳴聲徹底停止了，王太太的面容也從眼前散去，蘇小雅眨了幾次眼，終於看清楚是誰蹲在自己面前……馮艾保。

「唷，小眉頭。」哨兵笑瞇瞇地跟他打招呼，一隻手還放在他膝蓋上，安撫地拍了拍。「舒服點了嗎？」

「謝謝你……」蘇小雅赧然地抿了抿唇，舔去殘留的熱可可，真的好甜好甜，他平常絕對不會喝這種東西，可是現在他發現自己很需要。

「不客氣，你慢慢喝完這杯熱可可，有什麼事情我們晚點再聊。你不用擔心沈女士，她沒什麼大礙，何思已經跟去醫務室了，傳訊息來說就是情緒過於激動，導致急性癲癇症狀而已。」知道蘇小雅掛心什麼，馮艾保不像平時那樣一句話分好幾段說，存心要惹人不爽似的，而是一口氣把所有狀況都說清楚。

「嗯……」蘇小雅沉甸甸壓在心裡的那顆大石頭，總算放下了，他又嘆了口氣，埋著腦袋一點一點啜飲熱可可。

馮艾保依然蹲在他跟前，一手搭在他膝頭，一手放在椅子的扶手上，圈出了個小空間，蘇小雅不知怎麼的，腦中就想起小時候看的繪本。

那是一本騎士拯救公主的童話書，大概在說很遙遠很遙遠的遠古國度裡，某個杳無人煙的高山裡，住著一條巨龍。

這條龍，和所有的巨龍祖先一樣，喜歡漂亮且閃閃發光的東西，他收集金銀財寶，也收集金銀銅鐵，就住在山頂的洞穴裡。

那是一座非常高聳險峻的山，只有巨龍能飛上去，沒有任何人類能靠自己的雙手爬上去。所以巨龍把自己心愛的寶物都藏在山洞中，睡在用金幣鋪成的大床上。

如果這是個以巨龍為主角的故事，大概會是個幸福美滿的結局。

偏偏這個故事主角是王子與公主，於是不意外的，公主因為一頭美麗如金箔的髮絲被巨龍搶走了，而王子靠著精靈的幫助爬上山頂，殺死了巨龍，救回了公主，搶走了寶物。

蘇小雅記得當初只有五六歲的自己氣哭了，他好喜歡巨龍，他記得巨龍躺在自己的金幣小床上，從那麼小的時候開始，越長越大，還是捨不得最開始的那張小床，最後只有尾巴可以勉強「躺」在小床上。

後來那張小床跟其他金幣一樣被拿走了，畢竟在王子眼裡，他不覺得那是一張小床，只是一個比較小堆的金幣山。

有一張圖畫的就是巨龍用巨大的身體圈住他的小床，把尾巴放在小床上，心滿意足地閉著眼睛呼呼大睡，那張圖後來被蘇小雅用美工刀沿著裝訂的地方完完整整裁切下來，還不小心割傷了自己嫩呼呼的小指頭，他怕血會弄髒圖畫，所以儘管又怕又痛的眼淚流不停，但還是很快把手指放進嘴裡含著。

等母親跟哥哥發現時，都被嚇得驚叫，他整張嘴都是血紅的，小牙齒都是紅色的，血液混著口水滴滴答答往下流，沾得衣服褲子都血跡斑斑，然而左手上的那張圖卻很乾淨，巨龍呼嚕呼嚕安詳地圈著自己的寶物睡得很香。

為什麼會想起這件事呢？蘇小雅喝著熱可可，兩眼發直地看著半垂著腦袋，正偷偷打了個哈欠的馮艾保。

雖然蹲在自己跟前，擺出了保護著的姿態，但哨兵並沒有一直盯著蘇小雅看，讓蘇小雅完全感受不到一丁點壓力，甚至都快忘記自己其實滿討厭這個臭大叔的。

仔細想想，自己為什麼要討厭馮艾保呢？這個男人長得好看，脾氣也好，能力強大，卻不像很多哨兵喜歡孔雀開屏般炫耀，好像忘記自己開屏的同時，露出了毛茸茸的光屁股，滑稽又好笑。

更別說，馮艾保還非常體貼細心。當然，很多哨兵都對嚮導很體貼細心，卻也同時包含著一種把嚮導當弱者保護起來的感覺，雖然不到施恩啦，但就是有點怎麼說……反正蘇小雅覺得自己不是需要別人照顧的小公主，他覺得自己可以是一頭巨龍。

馮艾保的體貼卻不一樣，他很恰到好處，不過分親暱、不顯得生疏，就像手中這杯熱可可，溫暖、甜蜜，在適當的時間出現。

「怎麼了？太燙嗎？」察覺到蘇小雅的視線，馮艾保才懶懶地抬起頭，挑了他一眼。

「也不是……」蘇小雅搖搖頭，他覺得自己的體溫有點高，不知道是不是因為喝了熱可可的關係，身體似乎熱得冒汗了，臉上也是燙的。「有點熱，今天天氣也很熱。」

「這倒是。」馮艾保贊同，從蹲姿改為站姿，輕巧地拍了拍蘇小雅的肩膀，對他眨了眨左眼。「你已經是大孩子了，一個人在這裡休息沒關係吧？還是需要帥哥哥陪你啊？」

蘇小雅臉色一僵，直接對馮艾保翻個大白眼，沒好氣道：「我成年了！不是大孩子！你要幹嘛就去幹嘛，不需要在這裡礙眼。」

馮艾保低笑幾聲：「要不要我把老鼠借你啊？毛茸茸的動物可以安撫心情唷！」

「不用，謝謝。」這人什麼毛病啊！剛剛還覺得對方溫柔，現在蘇小雅就決定收回對馮艾保的所有好評。是，馮艾保不像一般哨兵那樣孔雀開屏，但這傢伙是隻自戀的麻雀，嘰嘰喳喳總是要多說一句話！

「好吧，那我就把你留在這裡囉？」馮艾保恢復了吊兒郎當的模樣，拆出一根棒棒糖含進嘴裡。「本來我是想，何思在忙沈女士那邊的狀況，我又恰好收到醫院那邊的來電，是不是應該帶你去長長見識……」

蘇小雅一下子從椅子上跳起來，差點打翻手裡的熱可可，還好馮艾保伸手幫他扶了把，才沒出現慘劇。

「這麼重要的事情，你為什麼現在才說！」

「我怕你還沒緩過來呀！畢竟不是誰都經歷過審訊的對象突然在自己面前癲癇倒地的意外，一般這時候難道不是更擔心對方有個三長兩短，自己得寫報告甚至吃官司嗎？」馮艾保還是那副天塌下來也跟他沒關係的閒散模樣，開開心心往小響導的傷口上撒鹽。

蘇小雅表情一僵，剛被熱可可安撫好的心情，又以肉眼可見的速度委靡下去了。

「別這樣，我逗你的。」馮艾保嘆口氣，無奈地托著馬克杯底往上抬了抬。「來，再喝兩口。你喝完了，我們就去醫院了解卜東延的狀況。」

「我……是不是給你們惹麻煩了？」蘇小雅不由得又回想起王太太倒地時的

臉龐。「我是不是逼她逼得太緊了？我明明發現她的精神有問題，我應該要停下來，讓阿思哥哥接手處理才對……」

原本就稍嫌纖瘦的小嚮導像棵剛經歷暴風雨摧殘的小樹，憔悴又滄桑，整個人彷彿淡了兩個色號。

「你不用太擔心，沈女士目前生理體徵都是健康的，王平安看到自己的太太被送進醫務室後也並沒有特別激動，他還把手上的飲料喝完了，才跟過去查看狀況。」馮艾保的五感到底有多敏銳，蘇小雅這幾次的經驗下來，感受可以說非常深刻。

雖然之前他因為驚嚇，接觸外部訊息變得很遲緩，但現在冷靜下來後多少可以回憶起一點事情。

把他從審訊室帶出來的，肯定就是馮艾保了，他不確定具體時間，但絕對就在一分鐘內，所有人就衝進審訊室了，急救的急救、排查現場狀況的排查，而馮艾保在一團混亂中把他帶出去後，還弄來一杯熱可可安撫他的精神。

在這種狀況下，一般人不太會去注意王平安的反應，大概王平安自己也是這麼認為的，才會選擇把飲料喝完。

卻偏偏，看似全程都在照顧蘇小雅的馮艾保，一點不落地把王平安所有動靜都看在眼裡了，根本就是人形監視器啊！

「所以，你覺得王平安會不會告我？」

「這要取決於，我們之後會不會找他麻煩。」馮艾保的回應出人意外的務實。

蘇小雅卻反而能接受這個答案，他點點頭，端起馬克杯咕嘟咕嘟把熱可可喝完，接過馮艾保遞上來的衛生紙抹乾淨嘴角。

「我們走吧。醫院怎麼說？」

「喔，也沒什麼。」馮艾保打個哈欠，搔搔臉頰。「卜東延搶救無效，已經死亡了。」

☼ ☼ ☼

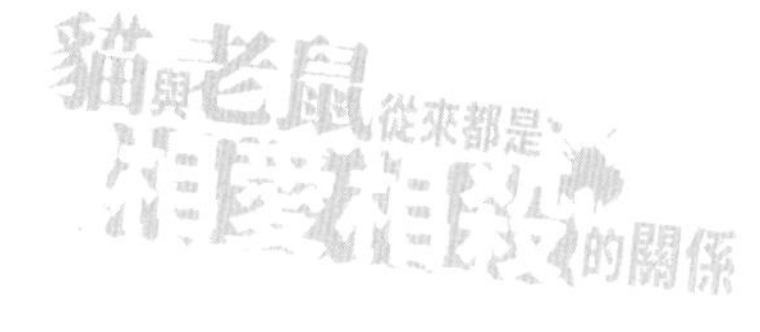

兩人趕到醫院的時候，死者卜東延已經被送去停屍間，等著之後的司法驗屍了。

他的遺孀坐在病房外交誼廳的雙人沙發上，單獨一個人，雙手顫抖地握著一杯熱開水，失魂落魄地盯著微微搖晃的水面發愣。

卜太太與卜東延同年，大學剛畢業就結婚了，從查到的基本資料來看，是奉子成婚的。

明明還很年輕，長相也非常秀麗、氣質雅致，但不知道是不是因為丈夫剛過世，卜太太眼眶泛紅，整個人蒼白得幾乎溶入午後的金色陽光中，只是憔悴兩個字不足以形容，有一種……好像也快消失在世界上的感覺。

交誼廳裡沒有其他人，寬敞的空間擺放著看起來就很舒適的幾張沙發，還有一台大電視，跟收藏頗豐富的書架，壁紙是令人情緒舒緩的馬卡龍色，很淺的粉紅，地板鋪著一層柔軟的地毯。窗戶大而明亮，採光非常好，玻璃可以調成霧面，還有一層窗紗，緩和了日光灼人的熱度。

但無論整個環境營造得多麼舒適，對卜太太來說顯然是毫無意義的。

馮艾保與蘇小雅分別在卜太太身前坐下，兩人的陰影籠罩了女性半邊身軀，她才緩緩將目光從杯子裡挪出來，轉移到來訪者臉上。

「秦女士？」馮艾保率先開口，他收斂起臉上原本的漫不經心，溫和的表情很容易讓人安下心來。

「嗯。」卜太太微弱地應了聲。「很久沒人叫我秦女士或秦小姐了。」她的聲音有些嘶啞，語氣與其說是悲傷，更多的是疲憊，末尾淡淡地笑了下。

「我們是中央警察署的刑警，方便請教您幾個問題嗎？」馮艾保又問。

「問吧，但我也不知道能回答你們多少……」卜太太，也就是秦夏笙把杯子裡的水一口氣喝了，將空杯擺在旁邊的茶几上，端正了坐姿，與兩人對望。

看得出來她是個教養非常好的人，禮貌也很周到，語氣不急不緩，才短短的幾句話時間，給人的感覺就是真誠而且舒適的。

她很悲傷，但無意用自己的悲傷去影響旁人的心情，她不需要找人跟自己分擔這些悲傷。

「只是簡單幾個問題而已。」馮艾保這次沒有要讓蘇小雅開口的意思，只用

眼神示意他做紀錄。

蘇小雅知道自己現在幫不上忙，他沒接觸過死者遺留下來的家人，並且因為他是個嚮導，所以儘管他努力收束住自己的精神力觸手，還是難免被秦夏笙的情緒感染，導致自己的心情也跟著異常低落，這時候他沒精力去整理問題，還是乖乖遵照馮艾保的安排就好。

「嗯。」

「秦女士您是個專職的家庭主婦是吧？請問，家人的一日三餐都由您親手負責嗎？」

「對。老大老二學校的午餐都是我準備的，會幫他們送飯過去，最小的孩子都跟我一起吃。」提到自己的孩子，秦夏笙的心情稍微好了些，臉上的悲傷疲憊淡了不少。

「喔……卜先生的午餐不是由您準備的嗎？」

「原本是的。」一提起過世的丈夫，秦夏笙的唇角立即緊繃起來，語調也略顯僵硬。「但小兒子出生後，我先生說我太忙碌了，要我不用特別準備他的便當，他在公司附近隨意吃就可以，所以大概從三年前開始，他的午餐就不由我準備了。」

「晚餐通常也是回家吃嗎？」

「不一定。」這次秦夏笙就沒多花功夫去講孩子們的狀況了。「他前陣子在忙碌升職的事情，經常加班，或者去參加應酬，一個月裡可能就回家吃兩三次，其他時間具體怎麼解決晚餐問題，我並沒有特別過問。」

「原來如此……卜先生剛晉升為副理嗎？」

「對。詳細情況我不是很清楚，不過大約一年半前，他們公司的副理即將退休，他與某幾個同事在競爭這個職位，兩週前晉升通知書跟公告發出來後，我才知道他升職了。」

「在那之前，卜先生沒有跟妳提過他升職的事情嗎？」蘇小雅沒忍住插嘴問了一句。

秦夏笙淡淡地看了他一眼，露出一抹無奈的笑。「沒有，我知道他在為晉升忙碌，但他說我平常要操持家務還要照顧小孩太累了，公司裡的事情我又不懂，

他不想增加我的負擔，所以平常並不太對我說工作上的事。」

「可是……」

「蘇小雅，安靜。」馮艾保打斷了小嚮導，伸手敲了敲他攤在膝蓋上做紀錄用的筆記本，笑得很像個溫柔的大哥哥，但語氣不容置喙。「乖乖紀錄，你只是個見習的。」

頭一次見識到馮艾保這麼強的攻擊性，蘇小雅半張小嘴，愣了幾秒後臉上浮現窘迫的紅暈，低下頭悶聲道：「對不起，我不該插嘴。」

「抱歉，我們家小朋友剛開始實習，還不太懂得分寸，秦女士別介意。」馮艾保沒理會蘇小雅的道歉，也沒安撫小嚮導，徑直向秦夏笙道了歉。「我方便再繼續嗎？」

「可以。」秦夏笙點點頭，但似乎對蘇小雅的挫折有些不忍心，緩頰道：「我沒覺得被這位實習生冒犯，年輕人有衝勁是好事。」

馮艾保只是笑笑，沒針對這件事再繼續多說什麼，而是回到正題上。「卜先生有說過他午餐時間都在哪裡用餐嗎？」

「午餐時間嗎？」秦夏笙皺起眉，沉默了片刻似乎在思索，末了她搖搖頭。

「這個我也不清楚，但他的午休時間很短，除非有應酬，否則幾乎都是吃些不妨礙工作的簡單食物。以前我幫他準備午餐的時候，他都是這樣要求的，不用太豐富，三明治跟飯糰是最好的。」

「那麼，他喜歡喝巧達濃湯嗎？」

「不喜歡，他乳糖不耐，所有奶製品都不能吃。」秦夏笙這次回答得很迅速，而且斬釘截鐵。

蘇小雅停下紀錄，抬頭看了眼馮艾保，可哨兵卻沒回看他。

「秦女士，您認為卜先生可能有外遇嗎？」

宛如平地驚雷，溫暖舒適的交誼廳中，空氣猛然凝結，蘇小雅低著腦袋遮擋自己訝異的表情，他沒想到馮艾保會問得這麼突然又毫不掩飾，這是適合詢問遺孀的問題嗎？

秦夏笙許久沒有回答，冷凝的氣氛完全無視窗外流瀉而入的暖和日光，一點一點往外蔓延，蘇小雅都想縮起脖子發抖。

「他外遇了嗎？」半晌，秦夏笙終於開口問，語氣出人意料的平靜，幾乎可以說是淡漠。

「不，我們不確定。」馮艾保像是完全不受周圍氣氛的影響，自若地聳聳肩，臉上帶著親切的微笑。「只是依照慣例要問一問。」

「我還以為依照慣例，丈夫死亡第一嫌疑犯永遠是妻子呢。」秦夏笙顯然被惹怒了，冷冷地開口嘲諷。

「既然您自己提起了，那我也不客氣了。是您，對卜先生做了什麼嗎？」可以說是一腳直接往別人的傷口上踩，還是穿著十吋高跟鞋，用鞋跟輾了三圈的程度。

「我沒什麼好說的了。」秦夏笙直接起身。「你似乎懷疑我先生吃的東西有問題，我目前不清楚他是什麼原因過世的，但我不會也沒有機會在他的食物裡動手腳。抱歉，我要走了，請借過。」

馮艾保也站起身，很紳士地往外讓了兩步。

秦夏笙看了他一眼，拿著自己的手提包從他跟前走過。

「早餐。」兩人剛擦身，馮艾保突然開口。

女人一下停住腳步，側頭看著這個似乎被陽光照得很不舒服，一直微微瞇著眼睛，一開始讓人很親切，現在卻令人焦躁的男人。

「抱歉？」她皺著眉，不懂這個男人說的話是什麼意思。

「您剛沒提到早餐，所以我推測，早餐是在家裡吃的？」馮艾保很體貼地解釋。

「對。」秦夏笙不可置信地看著馮艾保，很明顯感覺自己受到了冒犯，語氣裡帶上了憤怒。「但我和孩子也都一起吃！我希望你能明白，準備一家人的早餐，對家庭主婦來說，有多忙碌不容易！我沒有時間動手腳！」

「抱歉，我無意質疑您的付出，這都只是……」馮艾保聳聳肩，臉上的淺笑無懈可擊。「依照慣例。」

秦夏笙霎時間笑出來，蘇小雅可不會傻到以為她是被馮艾保逗笑了，畢竟憤怒的情緒強烈且源源不絕從精神力觸手上傳遞過來，弄得他也坐立難安起來。

「這位警察先生，你能不能回答我一個問題？」但即使異常憤怒，秦夏笙依然盡力按捺著自己的怒火。

「敝姓馮，抱歉現在才把名片給您。」馮艾保說著從懷裡摸出名片遞上去，秦夏笙瞥了眼，一開始似乎不想拿，但馮艾保就這樣伸著手，最後敗下陣的還是臉皮薄、教養好的那一邊。

「馮警官。」從情緒波動判斷，秦夏笙還是很生氣，但該有的禮貌並不會因此打折扣。

「客氣。請問您想問我什麼？」

「你看起來很有經驗，也很擅長激怒他人，藉以找到那個人言詞裡的破綻。那麼，你的經驗中，什麼樣的人才會殺人呢？」這幾乎就是個大哉問，蘇小雅也被這個問題勾起了興趣。

日常中，大家都似乎不把殺人凶手當成跟自己一樣的「普通人」，好像是另一種生物般的存在，像是床底下的怪物，或者不可名狀的恐怖。

殺人者不應該是生活在自己身邊，呼吸著同樣的空氣，吃著那些大家都吃的食物，會為健康去慢跑、會笑鬧會玩樂會有朋友與愛人的……每個人。

似乎沒料到她會這麼問，馮艾保也沉默了片刻，接著發出為難的嘆息。「秦女士，您這是以子之矛攻子之盾啊。」

「我是嗎？」秦夏笙自嘲般笑了笑，將馮艾保的名片收進手提包中。「我先離開了，很希望你們能找到我丈夫的死因，以及那個真正該負責的人。我比你們都還要迫切需要知道，究竟我丈夫是為何過世的。」

言罷，秦夏笙對兩人點頭示意，挺直著背脊離去。

「你為什麼揪著秦女士問？」蘇小雅等秦夏笙走遠到再也看不見背影，才出聲詢問。

「Always Wife。殺人總歸幾件事，不是感情就是錢，而伴侶間往往兩件全沾。」馮艾保聳聳肩。「不過，事情當然也不總是這樣，問清楚了總比放過來得好。」

這種優先懷疑枕邊人或者親朋好友的基本概念，蘇小雅還是有的，只是他情感上一時轉換不過來，特別是他可以用精神力感受秦夏笙的情緒，他知道這個表面冷靜，甚至可以說是優雅的女人，在丈夫過世後有多傷心。

「我覺得不會是她。」糾結了好一陣子，蘇小雅還是在離開醫院坐上車後，向馮艾保表達自己的意見。「我能夠感受到她的情緒，那是很典型的喪失重要的人會有的悲傷跟震驚，還有深深的自責。她肯定沒料到自己的丈夫會死。」

「沒料到嗎？」馮艾保戴上墨鏡，頗有深意地拖長了語調。

他的眼睛似乎比其他部位都要敏感脆弱許多，這些日子相處下來，蘇小雅發現，但凡遇上光源強烈的地方，馮艾保就一定要戴上墨鏡，就算是夜裡也一樣，城市夜裡的光汙染對他來說也並不是很友好。

「你發現了什麼？」蘇小雅知道自己經驗不足，又容易被別人的情緒影響，倒是很有自知之明的沒有硬要跟馮艾保扛。

「我目前什麼都沒發現。」馮艾保聳聳肩，發動汽車順滑地上了路。「硬要說的話，秦夏笙給我的感覺很特別，她冷靜自持，即便在悲傷中都能用意志力控制自己的情緒，是個非常幹練的女性。」

「我先警告你，秦女士是卜東延的遺孀，卜東延去世才兩個小時，你別不要臉地盯上人家！」蘇小雅只覺得腦子嗡一聲，來不及控制自己的嘴巴，嚴厲的警告就脫口而出。

「啊？」馮艾保明顯愣了一下，甚至轉頭瞥了他一眼。「小眉頭，我沒想到你的解讀能力竟然這麼……特別？」

「我不是！我沒有！」蘇小雅也立刻察覺自己反應過度，粉白小臉轟一下漲得通紅，氣急敗壞地捶打自己的膝蓋。「我就是……我就是……反正，誰叫你的說法那麼奇怪！」

「我的說法哪裡奇怪？」馮艾保一副好學生模樣問。

蘇小雅咬著牙，嘸著嘴不肯回答。他也真不知道自己可以回答什麼，剛剛的對話怎麼看都是他在無理取鬧，馮艾保只是很持平地陳述自己對秦夏笙的評價罷了。

冷靜想想，蘇小雅對秦夏笙的評價也差不多是這樣，她是他第一次接觸的死者家屬，沒有其他的案例可供參考，頂多能從電影電視劇裡找參照物。可是影視作品裡的死者家屬，要不就是特別崩潰，要不就是過度理性到恨不得在額頭上寫「有嫌疑」幾個大字，與秦夏笙的表現完全沒有相似之處。

這樣的遺孀，到底算有嫌疑還是可以完全相信她表現出來的悲傷呢？小菜鳥蘇小雅，不禁陷入深深的困惑中。

「說嘛，我很好奇我說了什麼奇怪的話。」但他身邊的馮艾保顯然沒打算輕易放過這件事。

何思不在，也就代表沒有人能當和事佬，馮艾保跟蘇小雅得靠自己解決這次爭執，或說阻止馮艾保的撩撥及蘇小雅的反應過度。

「是我……反應過度了，對不起……」即使很不樂意，但蘇小雅是個知錯能改的孩子，他不覺得道歉有什麼丟臉的。可不知道為什麼，只要對象是馮艾保，他就是很不爽。

「好吧，我接受你的示好跟道歉……」馮艾保也懂得見好就收的道理。

「我只有道歉，沒有示好。」蘇小雅打斷他，嚴正反駁。

馮艾保被逗得不行，顧不得還在開車，哈哈大笑起來。

「幹嘛啊！我又沒說錯……」蘇小雅被笑得小臉熱紅，咕噥著插起手臂，轉頭看向窗外。

「抱歉抱歉，就是覺得你很可愛。」馮艾保好不容易停下笑聲，也多虧他技術好，五感敏銳，身手又矯健，才沒樂極生悲發生什麼交通意外。

「我成年了。」蘇小雅繼續不高興，他覺得自己才不是什麼小眉頭，馮艾保再繼續逗他，很快就要變成大眉頭。

「我也經常覺得何思很可愛啊，這跟年紀一點關係也沒有。」見蘇小雅猛地看向自己，眼中帶著震驚，馮艾保就知道他又誤會了，差點再次大笑起來，連忙解釋道：「我知道何思有你哥哥了，我對他也沒什麼非分之想，我也經常覺得自己很可愛，這就是個中性的形容詞。」

這個解釋，蘇小雅勉勉強強接受，大概就跟他覺得馮艾保很討厭，而討厭是個中性形容詞吧。

總之無論可愛或討厭，都不是現在需要釐清的部分，兩人的交談很快又回到案件本身。

「接下來要去找汪法醫嗎？」

「這倒沒有，這次的案子跟上次白塔案不一樣，沒有插隊機制，我剛打聽了一下，卜東延最快排明天下午驗屍，驗屍報告要再等三四天。」馮艾保說著，趁等紅綠燈的時候，把電腦上的資料傳給蘇小雅。「我們先回警局去了解王平安夫妻的後續狀況，何思說王太太醒了之後就被帶去醫院，我們要去申請調閱王太太的健康紀錄，跟過去是否有犯罪紀錄。」

「你們覺得是王太太做的嗎？」

「倒也不是……但她既然自述是犯人，總得查清楚她到底是不是。」

「可是她連卜東延的名字都不知道，他們可能根本就沒有關係，為什麼會突然殺人？我覺得她犯案的可能性很低。」蘇小雅忍不住又回想起王太太癲癇時的模樣，控制不住抖了抖。

「小眉頭，來，上次的案子我就提醒過你很多次了。但凡有可能性，你就不能下絕對的定論。你聽聽自己說了什麼？『可能性很低』對吧？那就代表不是完全沒有可能，對吧？」馮艾保側頭看了小嚮導一眼，諄諄教誨。

蘇小雅眨眨眼，張了嘴想說什麼，但很快又閉上嘴，乖乖地點頭。「你說的對，我又草率了。」

「倒也沒這麼嚴重，小事情，經驗多了就能彌補過來。」馮艾保反倒安慰了幾句。

「但是我不太理解，如果王太太根本不認識卜東延，那為什麼要承認自己殺人呢？甚至還能明確說出是毒殺。」

從現場殘留的痕跡，以及目擊證人的證詞，蘇小雅也猜測卜東延大概率死於毒殺，但一般目擊者會說的是：「不知道怎麼回事，突然吐血。」之類的證詞，不會斬釘截鐵說是中毒。

畢竟人在慌亂之中，腦子只能做最直覺的判斷，也就是你聽到什麼看到什麼，會直接說出來，無法做聯想跟猜測。通常要等一段時間後，心情穩定下來了，大腦開始重新整理刺激性資訊，簡稱回憶的時候，才會開始有其他填補型的聯想。

但往往這種聯想很容易因個人生活經驗，或者受驚當下的資訊接受不明確，大腦會主動去填補模糊的地方，導致很多證詞反而出現目擊者自我臆想的部分，簡單說就是大腦會去創造記憶。

這也是為什麼目擊證詞越快收集越好，同一個事故現場，隨著時間過去得越久，目擊者腦中回憶起的細節差異就會越來越大，有時候甚至會出現彼此矛盾的狀況。

發生在王太太身上的，就有兩種可能，一個是她確實用毒藥殺了卜東延，另一個是她在冷靜的過程中，自己臆想了這個記憶。

這就是警方要去釐清的地方了。

「這個嘛，還記得我說過，王平安有問題嗎？」馮艾保問。

「記得，他似乎對自己太太可能犯罪這件事沒有非常在意，甚至她癲癇倒下，狀況還不明的時候，也沒表現出特別焦慮關心的模樣，把手上的飲料都喝完了才去找人。」

「你在審訊王太太的時候應該有發現，她對丈夫的依賴跟崇拜異於常人，我已經很久沒有聽人侃侃而談著要把丈夫當成人生唯一主掌者的言論了。」馮艾保感嘆。

「所以你覺得，可能是王平安動了手，但是叫王太太去背鍋？」蘇小雅反應靈敏，很快就恍然大悟。「你跟阿思哥哥之所以要調查王太太的醫療紀錄，是想了解她有沒有精神方面的障礙，可以被王平安利用嗎？」

儘管因為在開車無法鼓掌，但馮艾保還是空出一隻手，非常有誠意地拍了拍自己的手臂讚美。「很好，你只要別生我的氣，腦筋果然非常靈活，加二十分。」

「我沒有生你的氣！」蘇小雅立刻就不爽地皺眉，小嘴也噘了起來。

馮艾保笑吟吟地不針對這件事發表更多意見，緊扣著案子繼續道：「現在我們沒辦法申請調查王平安的隱私訊息，畢竟他不是嫌疑犯，也不是當事人，目擊證詞也能證明他根本沒看到事件發生的經過，而依照他自己所說，平常都是由太太招呼客人，他可能都不認得哪些人是常客。」

「對啊……那為什麼王平安的反應那麼奇怪？」

「巧達濃湯。」馮艾保俐落地轉個彎，用非常絕妙的角度插進了路邊的停車格，整個過程車子都極為平穩，蘇小雅甚至沒能在第一時間意識到車子停下了。

小嚮導愣了愣，但很快回過神來。「秦夏笙說卜東延不能吃任何奶製品的食物，而巧達濃湯是需要用奶油及牛奶去調製的！所以很可能，卜東延根本不是王平安餐車的常客囉？那……嗯？」

蘇小雅伸手按著太陽穴，邏輯突然塞車了。

如果說，卜東延不是餐車的常客，那為什麼王平安會對卜東延下手？王太太又彷彿對卜東延有一定的認識？畢竟，她在說到卜東延的飲食習慣時，除了巧達濃湯這個問題，其餘都符合秦夏笙給出的資訊。

那，退一萬步來說，卜東延確實是餐車的常客好了，以王平安平時的工作常態來說，根本接觸不到卜東延，那他就沒有殺害卜東延的動機，總不會是因為卜東延不喝他家的巧達濃湯吧？

所以，如果真是王平安殺了卜東延並嫁禍給自己的太太，那這兩人是怎麼認識的？總不會王平安其實是快樂殺人犯，隨機殺人吧？

蘇小雅彷彿聽見自己的大腦傳來齒輪卡住的嘎嘎聲，求助地看向拋出問題的馮艾保。

「胡蘿蔔、西芹、馬鈴薯、洋蔥、南瓜、月桂葉、蝦子、蛤蜊、培根、豆漿、杏仁、核桃、腰果、植物性鮮奶油。」馮艾保突然念了一串食材，蘇小雅眨眨眼看他。「我從王平安餐車上的巧達濃湯裡，大概聞到了這些氣味。」

蘇小雅啞然地看著他，小嘴半張竟一時沒辦法回應。好一會兒會，他才敬畏的開口：「哨兵的鼻子，是不是比狗還要厲害？」

「說什麼狗呢，頂級哨兵的嗅覺堪比電子鼻啊！之前不是才帶你去見識過嗎？」馮艾保笑彎了眼，親暱地用手刮了下蘇小雅的鼻尖。

小嚮導懵懵地點點頭，起碼在五感敏銳度上，他對馮艾保是非常信任的。

「所以你有發現哪裡不對勁嗎？」馮艾保不急著下車，饒有興致地趴在方向盤上，側頭看著難得沒對自己戒備又張牙舞爪的蘇小雅笑問。

「這款巧達濃湯，完全沒有用上奶製品……」蘇小雅感嘆一聲。「難怪卜東延會喝他們家的湯。」

「只是可能。另外，我看過巧達濃湯的價目表，一杯大約是五百毫升，只賣六十五元。」

「那還真是物美價廉啊！用了那麼多種堅果磨成的漿，這部分材料不便宜耶！」蘇小雅有個當私廚的哥哥，對各種食材的價格包含批發價都稍微知道一點。

同樣公升數，鮮奶的價格自然是比堅果漿便宜，奶粉沖泡的又比鮮奶便宜，從售價來看，最明智的選擇應該是用奶粉入菜，便宜而且品質最穩定。

「我覺得，你好像有個非常驚人的猜測……」蘇小雅腦中模模糊糊浮現一個難以摸清的想法，很快又消散了。

馮艾保笑而不答。

第四章　所見是否即為真實可信

就如先前所說的，人類的大腦是個非常精密的器官，負責主掌一個人的生理乃至心理運行，因此在必要的時候，為了運行程式不故障，大腦相對應的就會自主調整一些參數，以利於人這種生物的活動及生活。

舉例來說，電影上經常出現機器人或者人工智能因為邏輯崩潰，而出現運行錯誤或直接故障報廢，這種狀況人類也會有，只不過大腦這精明的小東西已經早一步把這些障礙排除。

即便是編造出謊言來填補邏輯漏洞，也是常規運行而已。

這也是為什麼刑事案件上「客觀證據」特別重要的原因。目擊證人固然重要，受害者或嫌疑犯周圍親戚朋友鄰居等交友圈的人們證詞固然重要，但還是得要有客觀證據去證實才是最穩當的，畢竟人會在無惡意甚至無意識的狀況下說謊，或者不能說是謊言，只是隱瞞或放大某些事實。

卜東延的死亡就是個很好的案例，他分明是在大庭廣眾下死亡的，現場至少有二十來人，路過的車輛不計其數，起碼有五六雙眼睛是恰好盯著他的。然而，當蘇小雅與何思他們整理起目擊證詞後，才發現這些人的證詞都有微妙的落差。

儘管事件經過大致一致，七成目擊證人都說，卜東延原本在排隊等著點餐，突然之間吐血，然後倒地。

但他身邊有沒有其他同伴、是否與王太太說過話、王太太是否有異常舉動、卜東延是否有異常舉動、究竟吐了一口血還兩口血、倒地後是否有掙扎或求助等等，就幾乎沒有一致答案了。

蘇小雅看證詞看得頭痛，精神委靡地拋下手上的文件，抱著腦袋發出細微的呻吟。

「這就不行了？」馮艾保放下手裡的證詞，笑吟吟問。

「不行了……」蘇小雅不怕示弱，他真的覺得腦袋在發燙，連太陽穴都一陣一陣地抽痛，比他當初寫論文閱讀資料時還難過。「為什麼不直接看監視錄影畫面？」

「晚點就會送來了，這次的監視器很多，需要一點時間調取畫面。」何思安撫道，將自己手邊還沒喝過的飲料推過去。「來，喝點甜的。」

蘇小雅畏懼地看著那瓶「極濃！巧克力雲朵咖啡」，回想起先前何思打開後，瀰漫在狹窄監控室裡，讓人彷彿要溺死在巧克力海洋中的味道。

他想，自己就算真的需要甜食彌補腦細胞，也不能選擇這麼有破壞力的飲料。

「我有點餓了。」馮艾保揉揉肚皮，抬手看了眼時間。「都過晚餐時間了，我們要就此先解散明天繼續，還是吃過東西後挑燈夜戰？」他將手上的證詞捲成筒狀，敲了敲自己的掌心。

蘇小雅臉色蒼白地看著好幾摞，幾乎可以用滿坑滿谷形容的證詞小山群落，抱住自己抖了抖。

目擊證人少了固然麻煩，多了也不是好事。

員警花了大半天的時間把目擊證詞搞定，負責送過來的員警看起來累得眼下都有黑青了。

雖說這個時代，紙本資料已經幾乎被淘汰了，但對警局或軍隊這種地方來說，完全靠數位資訊是不合適的，保管重要資料最好的方式不是鎖在電腦裡，而是印出來鎖在某個地方，用人力加科技去看守。

所以蘇小雅這個才十八歲，這輩子幾乎沒怎麼接觸過紙本資料的孩子，算是見識了一系列的震撼教育。

「我想吃我哥做的飯。」小嚮導可憐兮兮地趴在桌子上，濃濃的鼻音讓何思心都快化了。

「那好吧，我們今天先……」何思話還沒說完，他與馮艾保手上的微型電腦就同時發出滴滴聲。

「喔，監視器影像送來了。」馮艾保揚起手，對蘇小雅擠擠眼。「怎麼辦，小眉頭？你是想回家吃哥哥的晚餐，還是一起去看監視器影像？」

「你很討厭……」蘇小雅扁著嘴從桌子上撐起身，他隱隱約約也察覺到馮艾保老是喜歡故意招惹自己，可偏偏他還是每每中招。「我要看監視影像！」

「我叫個外送吧，總之得先吃點東西才行，也請經綸幫我們做點消夜，好不好？」何思已經習以為常，俐落地出面解決剛冒頭的爭執。

「我想喝巧達濃湯。」馮艾保放下手中的證詞，抱著椅背幼稚地轉著圈圈，他當初特別選一個能轉的椅子，說是方便動作，但何思懷疑他就是想把椅子當旋轉木馬玩。

「巧達濃湯啊……也行，附近就有間美式餐廳，小雅要吃嗎？」

「我想喝王平安做的巧達濃湯。」馮艾保抱著椅背又轉了一圈。

何思看了他一眼，不予理會，點開了外送平台找到了那間美式餐廳，先遞給蘇小雅選擇。

「有了新人忘舊人，我們十年的交情敵不過十八歲的青春年少，唉，我的真心，終究是錯付了啊！」馮艾保摀著胸口，語調悲切異常，可以說是非常盡心盡力在表演了。

但何思還是不理會他，見蘇小雅頻頻看向那個玩得很開心的哨兵，欲言又止的模樣，還出聲安撫道：「我們先填飽自己的肚子就好，馮艾保愛吃不吃，反正他這種等級的哨兵，十天半個月不吃不喝都死不了，不用替他擔心。」

「可是……」蘇小雅回想起下午和馮艾保對王平安的一系列推論，馮艾保到底察覺了什麼，到現在都沒說，進了警局後兩人就投入目擊證詞的檢視中了，他現在突然被挑起記憶，不免也在意起來。

「我們都知道王平安有問題，他的巧達濃湯也許是個突破口，但那也不是現在可以去驗證的事情。總之，先把肚子填飽。」何思在大事上掌握得比蘇小雅要果斷幹練得多，他很清楚怎麼分辨輕重緩急，儘管偶爾會被馮艾保唬住，但多數時間並不太會隨自己的搭檔起舞。

「但我很好奇完全不用乳製品的巧達濃湯好不好喝。」馮艾保繼續像騎旋轉木馬一樣轉著自己的椅子，嘴巴也沒停下來。

「如果你真的很好奇，我可以請經綸幫你試做一份，你把食材寫出來，我傳給他。」

好吧，其實何思也不是真的完全不受影響，馮艾保根本是精神汙染，不知不覺就會落入他的陷阱，被牽著鼻子走了。

見好就收算是馮艾保沒真討人厭的處世之道，他總是能精準地掌握住每個人的底線。

總算，十幾分鐘後三人都點完餐了，因為並非餐期時間，大約四十分鐘後食物就會送到了。

在那之前，幾人決定還是先看看監視影像，確定卜東延死亡時到底是什麼狀況。

因為是千羽弘區，加上是三個幹道的交會處，附近的監視器大約有一百多個，正對著王平安餐車的鏡頭就有十三個，他們率先從這十三個鏡頭開始看。

「直接轉到十二點吧。」馮艾保癱在椅子上，臉皮很厚地指使蘇小雅。

小嚮導不爽地睨他一眼，卻還是乖乖地依照指示把時間調到十二點。他們現在看的，是離餐車最近，鏡頭也最正的一個監視畫面，剛好可以把整個餐車所在的角落完全涵蓋進去。

彩色畫面中，餐車在左上角的位置，中午十二點的時候已經有接近十個人在排隊了，隨著時間推進，排隊的人越來越多，等到達尖峰時段，儘管客人來來去去，但總會有約二十個人在等待。

王太太就如同證詞裡說的一樣，穿著印有商標的圍裙，臉上掛著親切和善的笑容，招呼餐車前等待的食客。

她確實如王平安及其他客人所說的一樣，服務很是親切周到，點餐的時候總會與客人攀談幾句，能看得出哪些人是熟客，哪些人是比較新來的客人，而王太太的分寸也掌握得非常好，不會令這些白領菁英有任何被侵犯到領域的感覺，看起來也滿喜歡跟她閒聊的。

大約在十二點半的時候，卜東延的身影從畫面右邊走入，他的公司位於德謨克利特大樓，蘇小雅一直覺得這個名字很裝模作樣，但不得不承認，這棟大樓如同自己的名字，裡面的公司都是點石成金般的存在。

他穿著合身的訂製西裝，腳步俐落果斷，毫不猶豫地走向餐車，排在隊伍最後面，等待王太太過來招呼。

「暫停。」馮艾保突然出聲，蘇小雅連忙按下暫停鍵。

這個監視器的畫質特別好，即使距離稍稍有點遠，但還是能把餐車邊所有人的五官都拍得八九分清楚。

卜東延的臉自然也不例外，他長得很好看，但表情嚴肅，在正午的陽光下，稍稍有種過度曝光的感覺。

馮艾保點著下顎，稍湊近了些觀察畫面中的人，大約過了兩三分鐘後才開口：「他臉色不對勁，太白了。」

「太白？」蘇小雅也湊過去，皺著眉頭仔細分辨畫面裡的色塊。

卜東延的西裝是深藍色的，材質非常好，在陽光下有種流水的質感，襯衫是比西裝顏色淺的灰藍色，沿著他的身體曲線，襯托得他寬肩窄腰，一雙腿長的可跟馮艾保媲美。

但確實，在深色衣物的襯托下，他的肌膚白得異常，好像隨時會融化在陽光中。

「也許他天生就這個顏色？」蘇小雅低頭看了看自己的手，他也是從小皮膚就特別白，有時候陽光太烈，他總覺得自己的皮膚會反光，有點可怕。

「我覺得不是。他的白顏色不對，很像是失血過多的顏色，白中泛灰……這倒是跟王太太敘述的類似。還有他的手。」馮艾保伸手點了點畫面上的卜東延。

「你看，確實是按在胃上的。」

起碼，現階段可以確定，王太太的證詞裡有部分是事實。

「好，繼續往下放吧。」馮艾保退回原位。

「喔……」蘇小雅看了他一眼，忍住沒問他為什麼不自己操作，明明他離操作面板更近。

監視畫面繼續往下，王太太走到卜東延面前，兩人之間的距離大概有一個人遠，看得出來王太太有特別拉出距離，這個舉動側面證明卜東延應該真的是熟客，所以王太太很清楚知道兩人之間的距離分寸。

王太太剛對卜東延說了什麼，卜東延正打算回話，下一秒，他張開的嘴裡噴出一股鮮血，豔麗的紅色在日光下閃耀著難以言述的美麗光芒，直接飛濺在王太太臉上……

接下來場面一團混亂，卜東延就這樣噴了一大口血，然後身上的毛孔也開始滲血，他一邊斷斷續續地嘔吐出鮮血，摀著肚子搖搖晃晃，數十秒內就倒地不起，宛如血人一般。

何思與蘇小雅都面露震驚地看著眼前的場面，那麼豔麗的顏色彷彿烙印在視網膜上，詭異、殘酷卻又別具美感……

馮艾保此時突然叫了聲：「停下！」

蘇小雅一哆嗦，腦袋還沒回過神，手上的動作卻半點不慢，停下了監視器的畫面。

「有意思……」馮艾保揉揉下巴。「王平安過了五分鐘才離開餐車啊……」

雖然只有區區五分鐘，但在外頭尖叫聲四起，亂成一團的狀況下，王平安這「空白的」五分鐘，就很耐人尋味了。

話說起來，第一次與兩夫妻交談的時候，一開始也都是王平安在回話，代替太太表示意見，而王太太幾乎是跟隨著丈夫引導的方向在回答警方問題。

蘇小雅原本以為這是因為王太太驚嚇過度，有創傷後症狀導致反應遲鈍，所以才會由王平安先回答問題。

現在仔細回想，王太太的回應基本上都限制在王平安一開始設立好的框架中。

連續放了幾個不同角度距離，甚至還有從卜東延公司調取的監視錄影後，整起事件的大致經過已經很明確。

卜東延的公司金穗會計師事務所，午休時間是正午十二點整到下午一點半，卜東延是在十二點十分左右離開公司，直接朝王平安的餐車走過去。

他是獨自一人，沒有跟任何同事交談，只在離開前跟祕書說了一會兒話，據稱是交代下午的會議時間。他剛當上副理不久，很多工作都還在交接熟悉中，每隔兩三天就會開一次部門會議，雖說會議時間不會太長，但也讓大家的精神感到很緊張。

問過祕書後，可以確定卜東延每天都是幾乎相同的時間離開公司去用餐，到底吃什麼祕書並不清楚，因為卜東延不會帶食物回公司吃，他是個公私非常分明的人，從幾個同事嘴裡可知道，他從進入公司那一天起，只要人在公司裡，就是埋首工作。

倒也不是不跟同事們交流，卜東延的人際關係還挺活絡，與同事們的關係不到非常深，卻也不會交惡，就是部下比較害怕他，因為他做事嚴格，很看重效率，給人的壓力非常大。

但金穗這樣頂尖的會計師事務所，壓力大是正常的，因此私下抱怨固然有之，卻也不會有人因此對卜東延有什麼厭惡感，甚至到想殺了他的地步。

總之，從祕書及同事嘴裡的敘述來判斷，卜東延是個私生活很神祕，但工作能力很強的人，會升上副理也不令人吃驚。

為了確定卜東延的生活軌跡，後來又調取了一個月內，那十三個對著餐車的監視器影像。

卜東延確實是熟客，固定時間出現，與王太太的交流只有最簡單的兩三句話去點餐，面對王太太親切的招呼，他從來沒有任何表情，甚至都沒認真看過王太太一眼。

扣除感情方面的陳述，王太太的證詞倒是可靠性很高。從食物包裝袋來看，卜東延確實每天都幾乎都吃一樣的食物，頂多就是三明治跟飯糰換著吃，而只要有巧達濃湯，他就會多點一碗。

拿到餐點後，他會在不遠處的一個恰好有樹蔭遮蔽的長椅上用餐，十三個鏡頭裡有幾個剛好拍到那張長椅一角，西裝筆挺的男人，面無表情地機械式用餐，有巧達濃湯的日子卜東延會吃久一點，平時大約只會花個十五分鐘吃完飯，就離開回公司去了。

事發當天，卜東延的行動並沒有什麼不同，但他的臉色其實從半個多月前就每況愈下，腸胃似乎也不舒服很多天了。

但即使如此，他的生活依然很規律，直到最後吐血送醫，不治身亡。

儘管王平安的證詞有些漏洞，但目前還無法將他與卜東延的死亡牽扯上關係，畢竟這一個月的監視影像看下來，王平安幾乎都在餐車裡忙碌沒錯。

但有一點與他的證詞出入較大，就是他的餐車其實能夠看得到外面，只是因為高度及視野的限制，能見到的範圍很窄，反倒是從外頭比較容易看到他在裡面忙碌。

馮艾保不知道從監視錄影上看到了什麼線索，花了幾天的時間反覆觀看卜東延每天點餐等餐的段落。

何思沒打擾馮艾保，似乎很習慣他這種沉浸於某個事物中的狂熱舉動，逕自帶著蘇小雅跑其他地方蒐集證詞跟證據。

首先，卜東延的驗屍報告出來了。

何思帶著蘇小雅去見汪法醫。

「我先說結論，他是因為瀰漫性血管內凝血，導致自發性出血而引發出血性休克而死亡的。」汪法醫看到蘇小雅時露出一點好奇的表情，但並沒有多問，態度很公事公辦。

「瀰漫性血管內凝血？」何思皺眉，這種高深的醫學專業名詞，聽得他頭痛。

「嗯，簡單來說吧……死者生前應該長時間服用高劑量抗凝血劑，所謂的瀰漫性血管內凝血又稱消耗性凝血病、泛發性血管內血液凝固症，具體來說在某些致病因子的作用下，在末梢血管內凝血因子和血小板被活化，形成廣泛性的微血栓，導致循環功能跟其他內臟功能障礙，使凝血因子跟血小板大量消耗，引起繼發性纖維蛋白溶解功能增強，最後人體會出現止、凝血功能障礙的病理特徵。」

兩個嚮導面面相覷，他們是聽不出來，汪法醫這段話到底哪裡算「簡單來說」了。

「汪法醫，能不能，再更簡單說明一下？」何思畢竟熟悉汪法醫了，對方是個能力出眾的法醫，唯一的缺點就是說話有點難懂，算是種科學家的熱誠吧？

「喔，更簡單說的話，就是他凝血功能出問題，導致自發性出血。」汪法醫說著將驗屍時的紀錄影像投射出來，詳細解釋：「你們看，死者的內臟都有程度不一的出血症狀，上面這些黑色斑點就是出血點。肝臟、脾臟、胃、腎臟等等，另外皮膚也都有出血症狀。」

隨著解說，畫面也在屍體各部位移動，清晰地展現出汪法醫嘴裡的症狀，幾個被點名的內臟上都可以看到程度不一的黑色斑點，特別是肝臟還有明顯的出血痕跡。

「我一開始以為他是撞傷，受過強烈的外力攻擊，後來才發現應該是自發性出血症狀。」畫面跳到卜東延的腹肚、腿部、背部跟腰部等等地方，死白的肌膚上殘留著深色瘀斑，簡直像經歷過一場嚴重的肢體衝突後殘留的傷痕。

「等等！腰上跟腿上的痕跡，是不是有點像手掌印？」蘇小雅突然叫停汪法醫。

「哪裡？我看看。」汪法醫再次叫出腰部跟腿部的瘀斑照片，拉遠了後觀察片刻，讚許地點點頭。「我確實沒注意到，這麼一看，這一區跟這一區，很明顯是人類的掌印。」說著，用紅筆圈出兩處瘀斑。

藏在深淺不同的大面積瘀斑中，掌印邊緣是模糊的，不仔細看根本看不出手掌的形狀。但人的手有手指，只要找到手指的所在處，就可以描繪出整隻手掌。

「這個大小……」何思舉起自己的手跟畫面上被汪法醫用紅筆描出來的掌印比對了下，遲疑道：「看起來不像女人的手，而像是男人的手……」

蘇小雅也跟著伸手比對了下，然後發現自己的手比畫面上要小了一圈，便默默把手收回腰後藏起來。

「這個部位跟掌印的形狀，應該不是打鬥留下來的，比較像是……」汪法醫突然頓了下，往蘇小雅看去。

小響導眨眼回望他，表情懵懂。

「你成年了嗎？」汪法醫躊躇了下後，才問。

「成年了，我十八歲。」蘇小雅茫然地回答。

「他真的十八歲了？」汪法醫改問何思，他倒是知道何思跟蘇小雅的哥哥結婚，兩人應該算是連襟的關係，也可以說是家裡大人。

「你都讓他看完屍體了，這時候才問不會太晚嗎？」何思頭痛地揉揉太陽穴，有時候真的搞不懂哨兵們的腦迴路。「他成年了，你什麼都可以說，不用顧慮他。」

獲得確定答案，汪法醫很明顯鬆了一口氣，這才接著說：「這幾個掌印看起來像是性行為中留下的，你們看腰上重疊的這幾個，最淺的應該有兩三週以上，最深的這兩個，大概是三四天前留下的。」

「他有妻子了，有性行為也不奇怪吧？」蘇小雅很無奈自己被當成小朋友，但汪法醫也是好心，他只能先叫自己不要介意。

「呃……這個……」誰知道，聽了他的話，汪法醫又卡住了，求救地看向何思。

「我們先不管這個痕跡到底怎麼回事，先把卜東延的死因搞清楚。」何思乍看之下面不改色，但眼神其實也有些飄忽，強硬地換了話題。「你說他凝血功能出問題，所以才會吐血嗎？」

「也不完全是，他同時也有胃潰瘍。」汪法醫從善如流，叫出了胃的解剖照片，用雷射筆指著上面的痕跡解釋：「他的潰瘍症狀很嚴重，吐血症狀應該出現一陣子了，食道跟咽喉的黏膜都有受損的痕跡。但是，他的吐血症狀確實是因為凝血功能問題而加劇。你們調查他的醫療紀錄了嗎？」

「查了，他近十年來的醫療紀錄很單純，只有每兩年公司統一的健康檢查資料，其他就醫紀錄幾乎為零，近兩年更是完全沒有。」

「照理說他這麼嚴重的胃潰瘍，還伴隨吐血症狀，普通人都會去就醫才對，或起碼找藥師開藥服用，減緩症狀。他都沒有嗎？」

「完全沒有。不過他的消費紀錄倒是有顯示，近一年來他有購買胃藥服用，但買的都是最普遍的成藥。」何思倒沒覺得卜東延的行為異常，不少在大企業工作的人都有類似的選擇，只要還沒倒下還沒死，就不能浪費時間去看醫生或休息，否則隨時會被別人取代。

「你把他買的藥發一份過來我看看。」汪法醫要求道。

何思隨即將卜東延購買過的藥物清單發送過去，汪法醫叫出清單後一樣投射出來，仔細地檢視了一回後。「他服用的藥物裡並沒有抗凝血的成分，照理說這些藥雖然對他的身體幫助不大，也不會造成任何損害。」

「但你不是說，卜東延長時間服用的高劑量的抗凝血劑嗎？如果不是他自己吃的，那就只能是別人餵給他的囉？」蘇小雅有點心急地問。

「這就是你們要去證明的。我能告訴你們的只有從死者體內驗出了抗凝血劑，具體來說是Warfarin的藥物成分，這種成分以前是用在滅鼠的，所以又被稱為滅鼠靈。這是處方藥物，普通人接觸不到的。」汪法醫收起投射的照片，拿起一旁厚厚的資料夾，思考了下遞給蘇小雅。

「好了，我能說的就這樣了，剩下的工作要靠你們自己了。雖然我不知道犯人是誰，但他一定很恨死者。」末了，汪法醫發出感慨。

「不恨怎麼會殺人呢？」何思笑笑，也嘆了口氣。

「不不，這是折磨。在死前，很長一段時間死者都很痛苦，想想看你的身體不斷在出血，你感受到自己虛弱下去，身體上出現很多不明所以的瘀斑，但你找不到原因，這是個緩慢又痛苦的折磨。」

「而且，動手的人就在旁邊看著。」蘇小雅突然接下話，在汪法醫及何思訝異的目光中，淡淡地說：「不管用什麼方式下藥，都得從嘴巴吃下去，所以下藥的人一定是卜東延親密的身邊人，才能長時間在沒有被察覺異狀的情況下，逐步毀壞他的身體。對方一定也看到了卜東延的身體異常，但他還是持續下藥沒有停手。」

即便是經驗豐富的汪法醫及何思，不知怎麼的，都從蘇小雅冷靜的陳述中，感覺到一絲涼意，雙雙打了個寒顫。

☼ ☼ ☼

下一站，他們要去的是卜東延家，通知遺孀卜東延的死因，並且問幾個常規性問題。

「不愧是金穗會計師事務所的副理啊……」蘇小雅趴在窗邊，看著整潔、高雅的街區，發出感嘆。

這塊高級住宅區比白塔附近的富人區還要貴上一層，坐落在風景優美的半山腰上，此地的夜景甚至蟬連二十年全國百大夜景冠軍。社區大門是有荷槍警備的，儘管荷的是電擊槍，威力也是不容小覷了。

經過警衛電話通報後，他們才終於被放進去。

社區內是美式郊區那種設計，寬闊的道路，每戶人家的占地面積都很大，彼此間沒有圍欄區隔，但大片庭院很好地達到保有隱私的目的。都別說從自己家看不看得到鄰居家，就是從連通道路上都看不清楚藏在庭院深處的主要建築物。

蘇小雅抱著欣賞公園造景的心情，還挺愉快地度過了接近十五分鐘的車程。也不知道卜東延是不是真的賺得特別多，還是他這個人比較愛面子？卜家所在的位置已經很接近最高那圈住宅的邊緣了，雖然占地比較小一些，位置卻足夠令人心曠神怡。

卜宅的院子也很寬敞，看得出精心打理過，草木扶疏、幽香陣陣，地面像覆蓋了一層青翠的絨毯，靠外圍的地方種了幾株茉莉花，晚風一吹沁人心脾的香味就瀰漫開來。

秦夏笙站在院子裡等著兩人，她手上拿著一個造型簡潔卻雅致的灑水壺，正在替幾盆繡球花澆水。一身黑色的連身裙，素雅拘謹，恰到好處地展現了一個未亡人的美麗與哀愁。

前幾天見面時，秦夏笙還是一頭長髮，鬆鬆地綰成髮髻，今天再見到面時，她一頭長髮已經剪短到耳下，整個人的氣色好了許多，眉宇間的疲憊幾乎完全消失殆盡。

「這位警官先生怎麼稱呼？」秦夏笙上次沒看到何思，但她是認得蘇小雅的，矜持地對他點頭打過招呼後，問起了何思。

「敝姓何，這是我的名片。」何思連忙摸出名片遞上去，稍稍有些侷促地讚美：「您家的院子整理得真好。」

「多謝讚美。」秦夏笙露出淺淺的笑容。「我家的院子，都是由我親手照料的。」

「秦女士很擅長園藝，能把植物養得這麼好看，規劃得這麼舒適的人，並不多見。」相比起搭檔流於表面的親切，何思天生就是個擅長與人交際，容易給人好感的人。

也或許是因為身處於自己熟悉的家裡，也脫離了一開始丈夫乍然離世時的悲痛與震驚，秦夏笙情緒很放鬆，對何思的印象顯然非常好，領著兩人稍微參觀了下院子，才將人帶進屋子裡。

「家裡現在只有我一個人，三個小孩暫時由我父母代為照顧。」

目測單層過百坪的三層樓獨棟別墅，內部的空間簡潔寬敞，裝潢走的是近幾年流行的北歐極簡風格，配色多是大地色、淺棕、白色等等，地上鋪著木板。整個一樓是個開放空間，客廳、餐廳、廚房都是連通的，大片大片的落地窗看出去，首都圈的夜景就落入眼中。

「喝點什麼嗎？」秦夏笙招呼道：「家裡現在沒有咖啡了，但有果汁跟茶，兩位請不用客氣。」

「太麻煩了，開水就可以。」何思連連搖手婉拒。

秦夏笙也不強人所難，確定蘇小雅也只打算喝水，請兩人先在客廳落坐後，便進廚房去倒了三杯水出來。

「之前浪費太多時間了，我就不繼續跟兩位客套了。」秦夏笙在單人沙發上落坐，端起屬於自己的那杯水啜了口，語調冷淡卻不失禮。「你們查到我丈夫的死因了是嗎？」

「是的。您丈夫是死於大量內出血，簡單說，有人長期下藥，影響了他的凝血功能，人為的讓他出現類似血友病的症狀。」何思開口。

「血友病？」秦夏笙握著修長的玻璃杯，困惑地確認了一次。

「類似血友病的症狀。」何思再次強調，並補充說明：「依照我們驗屍的結果，卜先生有嚴重的自發性出血症狀，時間也不短了，不知道您有沒有發現他身體最近有什麼異常？」

「異常？」秦夏笙重複了最後兩個字，挑了挑眉，接近苦笑道：「要論異常，太多了，我不確定你們想聽到哪些。」

「什麼都可以，多告訴我們一些線索，就能幫助我們找到該負責的那個人。」何思的語調有力且溫和，有效安撫了秦夏笙的情緒。

女人又喝了兩口水，放下手中的杯子，原本就很端正的身姿又挺得更直了。她深深吸了口氣，彷彿嘆息般開口：「我確實發現我丈夫的身體有些異常，他原本就有胃潰瘍，以前他三餐都由我負責的時候，我都會特別照顧他的腸胃健康，也會定期安排他去看醫生做檢查。但後來……差不多就是一年半前，他開始競爭副理的職位後，我就很少有機會跟他坐下來好好說幾句話了。」

說著，她看向蘇小雅。「這位……呃……」

「我姓蘇，還是個實習生，您叫我小蘇就可以了。」

秦夏笙是個禮貌周到的人，當然不會直呼蘇小雅為小蘇。「蘇先生上次跟著馮警官去醫院問我話的時候我也說過了，這幾年除了早餐，我先生都是在外面吃的飯，也經常需要應酬。我自己也因為要照顧三個孩子，還要操持家務的關係，說真的也不夠關心他……這點，是我做得不夠好，否則我應該更早點發現他身體的不對勁，也該更早帶他去看醫生求診才對。」

「但您畢竟還是發現了不是嗎？」何思安撫道。

「對，畢竟是夫妻，怎麼可能什麼都沒發現呢？我上個月發現東延吐血了，他躲在廁所裡，自以為收拾乾淨了，但男人啊，總是在這種生活上的小細節粗心大意。他沒有注意到我換了廁所紙，這款廁所紙在碰到鮮血的時候，會特別散發出一種清香。那一天，不是我月事來的日子，卻在他離開廁所後，從他身上聞到了那股香味……」陷入回憶，秦夏笙的身體繃得更緊，像一株苟延殘喘仍不願意放棄驕傲的老樹，強硬地展示自己的身姿。「他以前就有吐過血，大概是四年多前，我生老三之前，那段時間我因為懷孕還要照顧兩個大孩子，也不夠注意他的身體，才會讓他的胃潰瘍症狀加劇，才會吐了好幾次血。」

「卜先生沒去定期接受治療嗎？」蘇小雅忍不住問：「他的身體，他自己應該要照顧好呀！他都幾歲的人了，又不是小朋友。」而且他實在聽不下去秦夏笙的自責。

面對這幾乎有些冒犯的質問，秦夏笙並未動怒，反而溫和地回應道：「他工作太忙碌，有些細節就沒精力顧及。這個家，我跟他分工合作，他在外面工作，而我則是給他一個沒有後顧之憂的環境。那天，我本來想問他是不是胃潰瘍又復發了，但因為孩子們都在場，他一向不喜歡我在孩子們面前問及他的健康狀況，所以我就忍著沒問，原本打算等他晚上回家了，再好好問問他的。可惜……這一個月來，我竟然一次都沒有找到跟他單獨談話的機會……」

話到最後，秦夏笙愣愣地看著窗外的夜景，淚水從眼角滑落，她連忙低頭抹去。

「我也發現他身上有些不正常的瘀青，這件事我倒是有問過，大概從半年多前我就看到了，一開始不嚴重，我以為是撞到東西，還問他痛不痛？但他突然對我發了很大的脾氣，要我以後不要偷看他洗澡……我只是想拿浴巾給他而已，我沒想到他會那麼生氣……後來我就反省了自己，也許是因為我們夫妻太久沒有親密行為，心理上難免有些生疏，而且東延是個很在意自己形象的人，也不愛在我面前示弱，可能那些意外的瘀傷，讓他覺得面子上掛不住吧？」

蘇小雅覺得自己有種心頭起火的感覺，差點脫口而出問秦夏笙為什麼要反省？但總算是忍住了，告訴自己讓何思問話就好。

「也就是說，您其實不是只看過一兩次卜先生身上的瘀青囉？」何思倒完全沒有小嚮導的憤怒，不管他真實情緒如何，表面是非常冷靜平淡，極為專業的。

「對，這半年來我斷斷續續意外看過幾次，就如同我說的，因為有了三個孩子，我們夫妻其實已經很久沒有親密行為了，都是意外看到。我有發現，他身上的瘀傷越來越深，範圍好像也擴大了，我還在思考要怎麼跟他提起這件事，但沒想到……」秦夏笙猛地苦笑出來。「我再也沒機會，也不需要跟他提起這件事了……」

一時間，空曠的屋內只能聽見三個深淺不一的呼吸聲，久久沒有人開口。

半晌後，還是秦夏笙先開了口，她語調疲憊地道：「兩位還有什麼想問的，或者其他想通知我的消息嗎？」

何思正想開口說什麼，屋內的電話突然響起來，秦夏笙一臉歉意地起身接電話，在聽見那一頭傳達的訊息後，臉色瞬間難看了起來。

「嗯……好，我知道這位馮先生，您讓他進來吧。」

馮先生？何思與蘇小雅面面相覷，一股不好的感覺湧上心頭，尤其當秦夏笙掛上電話，皺著眉頭，語氣冷淡地說道：「兩位方便跟我一起到外頭等等馮警官嗎？」

哪還有拒絕的餘地呢？秦夏笙這麼個優雅有禮的人，肉眼可見地憤怒起來，何思跟蘇小雅卻連安撫都無從安撫起，只能訕訕摸著鼻子，起身跟在秦夏笙身後回到庭院中。

等待的十五分鐘，用「如坐針氈」形容完全不誇張，即使他們其實是站著不是坐著。

靠近的車子，是屬於馮艾保自己的私家車，低調的藍灰色，霧面烤漆，最大眾的平價車型，在高級住宅區裡格格不入，但又莫名有種悠遊自在的隨意。

很快車子在幾人面前停下，就靠在何思開來的公務車後頭，哨兵高大的身軀從車子裡鑽出來，迎著夜風，黑色髮絲被吹得翻飛。

他笑意盈盈，對幾個人伸手打了個招呼，接著略揚著頭嗅了嗅充滿茉莉花香的空氣。

「喔？」短短一個音節，讓在場包括秦夏笙的三個人，都不由自主繃緊了神經，嚴陣以待。

究竟聞到了什麼味道，馮艾保並沒有說，還非常社會化地稱讚起秦夏笙親手整理的庭院，著重讚美了那幾株茉莉花。

相較於先前何思讚美時，秦夏笙展現的愉快心情，面對馮艾保的讚美，她僅僅客套地笑了笑稱謝。

「請問馮警官有什麼指教？」大概是之前在醫院的交鋒讓秦夏笙明白，最好不要花時間跟馮艾保對話，直入主題時最安全，否則很容易被眼前的人挑動情緒，甚至落入陷阱。

「我們進去聊吧？畢竟是您家裡的隱私。」馮艾保的姿態寫意得彷彿他才是這個家的主人。

秦夏笙看起來並不樂意，但又沒辦法拒絕這個提議，只得板著臉帶著幾人又回到屋內。

「馮警官要喝點什麼？咖啡恰好沒有了，茶跟果汁您偏好什麼？」幾十分鐘前的對話又一次上演，秦夏笙再怎麼不想招待，禮數依然周到。

「咖啡沒了啊……」馮艾保露出個遺憾的表情。「那就不麻煩秦女士了，開水就可以。」

於是第四杯開水，以及一個水壺被端上來，秦夏笙將何思、蘇小雅以及自己的水杯都斟滿，幾個人再次分開落坐，呈現一種三個大男人包圍著女主人的態勢。

「幾位剛才正在聊些什麼？我們接著往下，我這邊的事情不急。」馮艾保這個人不知道是哨兵天性作祟，還是本性如此，只要出現往往就能掌握話語權，很自然成為人群中心與主幹。

何思聳聳肩地道：「差不多都問完了，秦女士表示曾在家裡看見過卜先生吐血，胃潰瘍也算是老毛病了。另外就是身上的瘀斑，大約在半年前開始出現。我們也跟秦女士解釋過，卜先生是死於嚴重的自發性出血，應該是長期被人下藥導致的。」

「那講得還挺全面的。」馮艾保端起水杯喝了口，讚美：「喔，您家裡的水味道特別好啊！是法國來的？」

「嗯，我先生喜歡。」秦夏笙依然很警戒，皺著眉頭神色僵硬，一雙眼睜時刻盯著馮艾保。

「秦女士似乎很討厭看到我啊？很抱歉，上次在醫院，我的行為是有些出格了，但那都是為了案情需要，請您見諒。」

「馮警官，您打算說什麼請說，不需要顧左右而言他。」秦夏笙顯然不接受他的示好，交疊起雙腿，雙手搭在膝蓋上，呈現出防備姿態。

既然對方表達得這麼明確了，馮艾保誇張地攤攤手，一副「我真的沒有惡意，都是誤會啊！」的態度，開口：「您知道，卜先生其實有外遇的事實嗎？」

還真是完全不迂迴。

蘇小雅與何思都愣了，秦夏笙也沒料到會聽到這個答案，表情空白了幾秒後，很快漲紅起來，原本的冷靜自持像是烈日下的冰淇淋，幾秒內就融化殆盡。

「你胡說八道什麼！我丈夫，東延怎麼可能有外遇！上次在醫院我應該已經否定過這件事了！」就連丈夫死後，還沉浸在悲傷中就被馮艾保挑釁，卻依然有禮優雅的未亡人，終於還是失控了。她怒吼著從椅子上站起身，瞪大雙眼，喘著氣，雙拳緊握似乎努力要平息自己的情緒。

然而，馮艾保不給她機會，臉上依然帶著無懈可擊的笑容，從懷裡摸出幾張照片，一張一張慢慢地擺放到茶几上，嘴上解說著：「我們都是看證據說話的，秦女士請看，這是我從法醫那裡拿到的照片，屬於卜先生身上的瘀斑，您要是害怕不願意看，我也能口述給您知道。」

「我不看！你什麼意思！我先生死於謀殺，我們家裡還不夠悽慘嗎？你為什麼要這樣在別人傷口上灑鹽？」秦夏笙用力地轉過頭不願意看茶几上的照片，吼到最後她的身體緊繃到發顫，眼淚一滴一滴滾落臉龐，任誰看了都不忍心繼續傷害這個悲傷的女性。

而擁有超乎常人視力的哨兵，卻彷彿瞎了一樣，他明明能聽見機關齒輪細微的轉動聲，卻聽不見未亡人痛苦的悲鳴，徑直說著：「請放心，這幾張照片都是局部位置，主要在大腿及腰腹一帶，也是瘀斑最密集的地方。如果您願意看一眼，就會發現我們家的法醫非常貼心，幫忙畫出了手掌的痕跡。」

原本打算阻止馮艾保繼續的蘇小雅，在聽見「手掌痕跡」幾個字後，閉上了嘴。

他想起先前秦夏笙說過，因為照顧孩子，也因為卜東延忙於工作，兩人已經幾年沒有親密的接觸了，卜東延甚至會因為妻子拿浴巾給他的舉動大發雷霆，顯然不願意被妻子看見自己身體上有什麼痕跡。

如果說馮艾保點出問題之前，蘇小雅只是單純順著秦夏笙的思緒，認為卜東延是基於自尊，或者隱私，因此不願意被太太看到身上的瘀斑，現在他也明顯察覺到事情沒這麼簡單了。

何思應該是更早就發現馮艾保的意圖，所以打一開始就很鎮定，端著水杯完全像個局外人。

秦夏笙略顯狼狽地用手抹去臉上的眼淚，她沒有化妝，素淨著臉，眼眶、鼻尖都是通紅的，大口大口喘著氣，身體的顫抖比先前要平緩一些，看樣子已經明白自己阻止不了馮艾保，最好的方式還是照著這個男人的期望回應他，才能讓事情盡早結束，而不是擴大傷害。

「手掌痕跡又能代表什麼？」她還是不願意看桌上的照片，也不願意直面馮艾保，所以側著身體，把目光投注在落地窗外，號稱世界瑰寶的首都圈夜景上。

「如果你要說，那些痕跡是東延與女人上床時留下的痕跡，我現在就可以告訴你，東延在床上不喜歡擁抱，我跟他結婚至今，生了三個孩子，每次做愛的時候都未曾擁抱過，而且他只喜歡用背後位。」

訊息量可以說大得有點過分，蘇小雅控制不住小臉燙紅，他無措地看著家裡大人，也就是何思，但也不知道他能幫自己什麼。

感受到小響導的慌張，何思用精神力觸手溫柔地安撫他。然而不同於他們兩人間的溫情，另外兩個人間的氣氛用劍拔弩張形容都不為過。

「他現在也挺喜歡背後位啊。」馮艾保面不改色，甚至還挺游刃有餘地輕笑著調侃了句。「秦女士，這就是我不得不告訴您的壞消息，我很抱歉接下來說的話也許會給您造成很嚴重的傷害，但這件事您總要知道的，請見諒。」

「你說的話哪一句不給我造成傷害？」秦夏笙不甘示弱，她迅速側頭瞥了馮艾保一眼，冷笑道：「說吧，暨上一次你在醫院裡質疑我在早餐中下毒，殺害我的丈夫之後，今天你打算說什麼？」

「看來我在您心裡確實已經是個討厭鬼了，唉。」馮艾保裝模作樣地捧著胸口嘆口氣，下一秒卻語氣一變。「卜先生身上的手掌印，不屬於女性，而是屬於男性。一個掌心受過傷，有留下明顯疤痕，身高大約一百八十公分左右的男性。」

秦夏笙的喘息聲瞬間消失在蘇小雅及何思耳中，女人的背脊依然挺得很直，彷彿沒有任何事物可以摧折，無論多少傷心都無法壓誇她，而現在這個凜然的身姿猶如被無形的重物壓垮了。

明明纖細的身軀仍半點不見彎折，但蘇小雅就是能感覺到，秦夏笙內心裡有什麼東西轟然倒塌。

孱弱的呼吸聲在數十秒後再次回到眾人耳中，秦夏笙一點一點把頭轉向馮艾保，整張臉都沒有血色，連嘴唇都是慘白的。

「你說……東延外遇的對象，是個男人？」

「我不能篤定說這是外遇，但確實，卜先生有個長期的固定性伴侶，是男性。」到這時候，馮艾保的言詞又保守起來，但殺傷力比「外遇」兩個字，要強烈得太多了。

秦夏笙單薄的身軀晃了晃，腳下一個踉蹌，蘇小雅連忙跳起來上前扶住她，小心翼翼讓她坐回沙發上，又將水杯塞進她手中。

這時候似乎問什麼都不對，蘇小雅也只能閉口不言。

馮艾保等著秦夏笙喝完一杯水，顫抖著靜靜流著眼淚時，繼續不客氣地進攻。「這件事情，我的意思是，卜先生有個男性性伴侶的事情，您今天是第一次知道嗎？」

秦夏笙遲了好幾秒才聽懂馮艾保的問題，不可置信地看著依舊咄咄逼人的哨兵。「你、你難道覺得，我現在的……的……是在表演？你覺得，我早就知道我丈夫的外遇，所以才殺了他？」

針對這個反問，馮艾保並沒有回答，他收起桌上的照片，往後靠在沙發椅背上，翹起長腿，姿態閒適得像在自家客廳裡一般。

「就您所知，卜先生身旁有比較要好的男性友人，或者您曾在他的手機或社交平台上，見到過什麼可疑的對象嗎？」

「我不知道。」秦夏笙冷硬地回答，隨後冷笑。「你是想藉此試探，我有沒有掌握東延的人際交際，是否早已猜測到他有外遇的事情，是嗎？馮警官，我不知道，在你今天告訴我這件事之前，我從來不曾懷疑過我丈夫有外遇……或者，借用您的話，長期的固定性伴侶。我以為，這個詞彙，應該只用在我自己身上。」

被看穿了自己的目的，馮艾保也不尷尬，他聳聳肩，笑得很親切。「凡事總是要試一試，萬一您露出馬腳了呢？」

「我露出馬腳了嗎？」秦夏笙毫不退縮，她冷靜下來後，就恢復那個能與馮艾保針鋒相對的女性。

「不好說。」馮艾保笑彎了一雙勾人的桃花眼，抬手看了眼時間。「竟然都快要十點了，這麼晚還繼續打擾您也不方便，我們暫時告辭，有什麼需要秦女士協助的地方，會再來拜訪的。」

說著他站起身，似乎是為了賠禮，動手將幾人喝過的水杯收進廚房裡。

秦夏笙也連忙跟過去大喊：「請不要動手，我會收拾！」

「那好，我們就先告辭了。」馮艾保原本也沒有要洗杯子的打算，既然女主人都跟上來了，他也收手離開。

「我這次就不送幾位了。」秦夏笙顯然暫時都不想再跟馮艾保在內的三個警察繼續接觸，背對著眾人打開水龍頭。

「對了，我能請問一下，您院子裡是不是種了一顆香豆樹？」

清洗杯子的細微碰撞聲停頓了幾秒，秦夏笙關上水龍頭，轉過身來看著馮艾保。「是，有什麼不對嗎？」

馮艾保笑而不答，只是擺擺手，再次道別。

☼ ☼ ☼

「你為什麼問她是不是種了香豆樹？」幾人剛回到自己停在卜宅外的車邊，蘇小雅就迫不及待問。

「嗯？」馮艾保側頭看了他眼，很自然地摸出菸盒在掌心敲了敲。「你確定要現在問我嗎？」

「我不是都問了嗎？」蘇小雅對馮艾保皺眉，心知肚明這個傢伙又在故意吊自己胃口了。

馮艾保低聲笑了笑，還是沒回答，反而問：「你要跟著何思的車直接回家，還是坐我的車，讓我送你回家？」

顯然，馮艾保不願意在這裡講任何與案情有關的消息，如果蘇小雅非常心急想知道他查到了什麼，就必須要上馮艾保的車，否則只能等明天見面後再說。

何思倒是半點沒有著急的模樣，側過頭打了個哈欠，看起來是累了。

「阿思哥哥，那我讓大叔送我回去？」蘇小雅以前不覺得自己是個好奇心多重的人，直到遇到馮艾保後才知道，自己以前只是沒遇到會讓自己好奇的事情罷了。

也或許是，馮艾保這個人特別懂得怎麼撩撥別人的好奇心，每次都讓他撓心抓肺，明明總被耍著玩，到最後還是會湊上去。

「行吧。」何思點點頭，他反正也管不了這兩個人，只要他們別在自己面前吵起來，離開他的視線範圍後要幹什麼，都不是他有辦法干涉的。

畢竟，蘇小雅都成年了。

「對了，你幫我通知一下鑑識科，請他們來挖卜家的垃圾，動作最好快點，我剛觀察了下，他家的洗碗槽裡有個垃圾處理器，東西已經絞碎了，再晚一些就真的找不回來了。搜索票我剛傳給你了。」隨著馮艾保語音落下，何思手上的微型電腦也發出嗶嗶聲。

「你倒是客氣一點啊，別這麼理所當然地使喚我。」何思不滿地碎念了幾句，但還是認命接下馮艾保分配的工作，一點都沒問他到底察覺了什麼，卜家的垃圾處理器又絞碎了什麼。

蘇小雅張了張嘴，但很快閉上，整個人顯得很躁動。

「來吧，我們車上說。不能再繼續待在這裡了，萬一秦夏笙聯絡警衛來趕人，那就太不好看了。」馮艾保對小嚮導勾勾手指，嘴上叼著一根還沒點上的菸，先打開了副駕駛座的門。

蘇小雅看了看車門，又看了看馮艾保，心裡有點彆扭，但還是乖乖坐上了車。

門被關上前，馮艾保低頭一手放在車頂上，一手環在椅背上，笑問：「你介不介意我等等在車裡抽菸？」

「反正是你的車。」蘇小雅聳肩，他不喜歡菸味，但哨兵專用菸的味道很淡，倒也不是不能接受。再說了，車主人想怎樣，他有什麼好表達意見的？

馮艾保挑了下眉，從喉嚨發出低低的，類似笑聲的聲音，起身把車門關上。

過了幾分鐘，哨兵才上了駕駛座，應該是先跟何思說了點什麼。

「我只是說了一聲要何思路上小心，他看起來累了。」馮艾保出人意料地開口解釋道。

「喔……」蘇小雅反而不知道回答什麼好。

馮艾保看了他一眼，彎著嘴唇點上了菸，車子平順地上了路，直到開出社區大門，馮艾保捻熄抽得差不多的菸，才又開口：「說吧，你想問我什麼？」

「為什麼問起香豆樹？」蘇小雅心裡有很多問題，但最讓他疑惑的就是這件事。

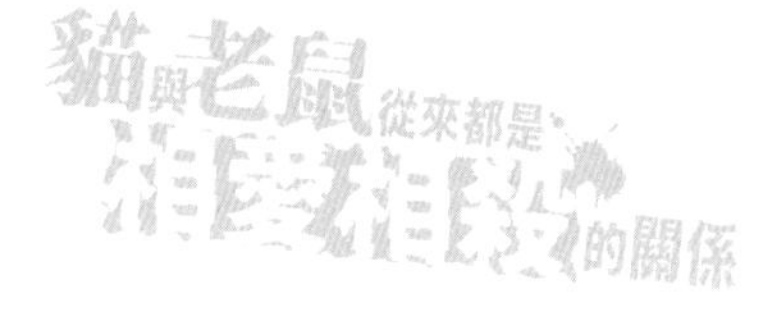

馮艾保不會無的放矢，他會刻意在離開前問了這個問題，可見這個問題有多重要。

「你應該聽汪學長說了吧？卜東延是死於Warfarin這種抗凝血劑，或者更準確地說，驗出了Warfarin相似的成分。」

「嗯，汪法醫有解釋過，這種藥以前用來滅鼠，所以又叫滅鼠靈。」

「沒錯。那你知道，它的學名叫什麼嗎？」馮艾保覷了蘇小雅一眼，神態促狹。

蘇小雅反應很快，直覺道：「該不會，是什麼跟香豆有關的名字吧？」

「小眉頭加十分，等加了一百分，要不要換個小禮物給你啊？」馮艾保彷彿一分鐘不逗逗蘇小雅，會立刻暴斃身亡一樣。

蘇小雅給了他一個白眼，無言地催促他快點往下說。

「苄丙酮香豆素，這種物質一般是合成的，或是從富含香豆素的植物裡提煉萃取。而我詢問的香豆樹，又被稱為零陵香豆或巴西柚木，是自然界中含有異常大量香豆素的植物之一。從名字就知道，這玩意兒跟香豆素的關係有多親密。」

馮艾保這回倒是解得答很爽快，半點沒有隱藏。

「所以你懷疑，卜東延不是因為服藥過度，而是被人用食物慢性殺害的？」蘇小雅猛地毛骨悚然。

他回想起汪法醫說到卜東延的症狀時，是這麼說的：『那個人一定非常恨死者，才會折磨他，讓他死得這麼痛苦。』

當下聽到時，他的感受不深。畢竟就如同何思說的，謀殺事件多半跟仇恨有關，無冤無仇的誰會計畫去殺人呢？這個下藥的人很冷酷，他就在一旁看著卜東延虛弱下去，卻沒有住手。

可如今聽到更詳細的訊息時，蘇小雅也反應過來這次的謀殺有多可怕，背後的恨意有多深，足以令人膽寒。

「對，汪法醫一直想不透，為什麼卜東延能拖了將近一年才死亡，照理說Warfarin服用劑量過度致死，整個進程是很快的，大概就三個月不到。另外若不是有催化劑出現，可能卜東延還要再痛苦個一兩年才會真正死亡。」馮艾保說著，下巴往前置物櫃揚了下。「我把最新的報告塞進去了，你可以拿出來看一

下。你們去找汪學長的時候，還有一兩項檢驗結果還沒出來，後頭又補上了。」

「還能這樣啊……」蘇小雅咋舌，打開置物櫃把捲起來的報告紙本拿出來，比他和何思上午看到的要多了好幾頁。

「簡單說，卜東延最近幾個月開始服用維生素E的膠囊，應該是一種美容或營養補充劑之類的概念。但很不巧，維生素E會促進Warfarin的效用，等於是他幫自己體內的炸藥，點上了引線。」馮艾保感慨地嘆息一聲。

「所以你才會懷疑，秦夏笙在卜東延的飲食裡放了香豆，藉此慢性殺害他？但，她也說了，卜東延很少在家裡吃飯，而早餐則是大家一起吃的，特別加料的可能性很低。」蘇小雅回想起秦夏笙疲憊的表情，他還是想相信這個失去丈夫，未來要獨自撫養三個孩子的母親。

「我猜，她也問過你及何思，要喝點什麼對吧？並且告訴你們，咖啡已經喝完了。」馮艾保側頭對蘇小雅笑了下，看到小嚮導茫然地點頭，繼續道：「你對她的評價很好，那你可不可以告訴我，你覺得她是不是一個幹練且細心的女主人？總能讓客人賓至如歸，殷勤周到？」

「這個……嗯，我是這個感覺沒錯。」蘇小雅回答得有些心虛，他總覺得馮艾保有什麼大招在前面等著自己。

「那這麼殷勤又周到的女主人，為什麼會在夜裡八點過後，還詢問客人喝不喝茶或咖啡？」馮艾保語氣中帶著裝模作樣的讚嘆，不等蘇小雅回答便接著說：「你跟何思應該第一時間都沒發現不對勁吧？但照理說，很多人對咖啡因反應強烈，嚴重一點的過午，普通一點晚上六七點後，為了不影響睡眠，都不會再喝咖啡或茶了。當然，也有許多人不受影響，還是鍾愛咖啡或茶這類飲品。」

「是啊，也許她只是不清楚客人的習慣，想給人多一點選擇，所以才問的。」明知道這個台階可能是馮艾保故意擺出來的，蘇小雅還是咬著牙踩上去了，他不是故意跟馮艾保唱反調，他是真的……不願意相信。

「我以前接觸過好幾個像秦夏笙這樣，本身是名流，或者與名流有一定接觸的太太，從他們那邊學到了一點：面對夜裡拜訪的客人，問酒精性飲料都比問咖啡跟茶有禮貌，除非是花草茶或水果茶。」

「但或許，秦女士並不清楚這個規則……」蘇小雅知道自己的反駁有多蒼白

無力，無論秦夏笙知不知道這種潛規則，但她一直表現出非常體貼、有禮的姿態，方方面面都給人一種殷勤但不咄咄逼人的感覺，這樣的人在待客的時候肯定是加倍細心的。

他與何思到達卜宅的時候，已經過晚上八點了，就算是他當私廚的哥哥，這種時間也不推薦客人喝茶或咖啡，而會特別在套餐裡付上香料茶或花草茶。秦夏笙的體貼跟細心，肯定不會輸給他哥哥的。

「別露出這副表情嘛，小眉頭。我也沒說秦夏笙一定是凶手，但總不能完全不懷疑她呀！伴侶永遠是我們最應該懷疑的對象，扣除特殊狀況，這個世界上的每一啟殺人案，都是有原因的，死者和加害者之間，往往是熟識的，甚至是最親密的那一個人。」

見小嚮導備受打擊，難以接受的皺著小臉，馮艾保嘆口氣把車在路邊停下，伸手摸了摸扭得九彎十八拐的小眉頭。

「幹嘛啦？」蘇小雅被摸了嚇了一跳，整個人往椅背裡窩，狠狠打開哨兵在自己額頭上的手，另一隻手則死死摀住自己的眉頭，安分了許久的紺猛地竄出來後，喵嗚喵嗚地跳上馮艾保的肩頭，驕傲的小尾巴在男人頸側盤旋了一圈。

「紺！立刻回來！」蘇小雅氣急敗壞地低叫，小臉漲得通紅。他以為自己已經習慣馮艾保的撩撥了，紺這些日子來也都非常乖巧，很久沒跑出來透氣了，現在是怎樣？

「喵喵喵～～」紺向來不賣任何面子給自己的本體，他靈巧地在馮艾保肩上趴下，毛茸茸的腦袋搭在另一邊肩膀上，靈活的尾巴在男人背上愜意地搖搖晃晃。

「別生氣，我們交換。」馮艾保向來是個公平的男人，話音剛落蘇小雅手心就沉甸甸地顛了下。

紺一看到熱水袋般圓滾滾的黃金鼠，張嘴哈了幾口氣，尾巴毛炸開來用力甩了幾下，但總算不像之前那樣撲上去撕打。

這也算是一種拿人的手軟吧？蘇小雅緊緊握住掌心裡的老鼠，控制不住地連連搓揉了好幾下。

「所以你真的覺得兇手是秦夏笙嗎？」蘇小雅知道自己對秦夏笙的共情太深

了，手中的小老鼠總算讓他恢復了些原本的冷靜。

「我不確定，還需要證實。」馮艾保聳肩。「我只能告訴你我觀察到的疑點，卜東延顯然很想打進上流階層，你看他特別把自己的家買在那樣的社區，甚至挑選了最靠近頂層的位置。你不覺得身為賢內助，秦夏笙一定也會想辦法打進太太圈嗎？」

趴在他肩上的紺不舒服地喵嗚喵嗚抗議，男人反手把愛撒嬌的小貓咪抓下來，按在自己腿上，安撫地揉了兩把。

「她特別提到茶跟咖啡，不是為了給我們做選擇，而是要不動聲色地告訴我們，咖啡已經喝完了，避免我們萬一提出要喝咖啡，她端不出咖啡來。因為，她已經把咖啡都處理掉了。證據就是，我從洗手槽裡聞到咖啡、肉桂、香草的味道。」

零陵香豆，包含了焦糖、杏仁、香草、肉桂等味道，經常有人用零陵香豆來取代香草使用。

就這麼巧，蘇小雅剛才打算要查，卻忘記按送出查詢的資料，被掌心的黃金鼠一小腳踩中送出去，跳出了反饋的資料。

「她為什麼要多此一舉？要是不說，可能你反而不會注意到……」

「我的經驗告訴我，當人打算說謊的時候，總是會畫蛇添足。」馮艾保再次把車開上路。「另外告訴你一個會讓你高興一點的消息，我也不是只盯著秦夏笙這隻羊不放，我們還有另外一隻小羊呢。」

「你是指……王平安？」蘇小雅眼神瞬間一亮，相較於秦夏笙，他反而更懷疑王平安。

而現在，他深深期盼凶手最好是秦夏笙以外的任何人。

「你要是晚上睡不著，我推薦你看看我寄給你的資料，特別是關於王平安有出巧達濃湯的日期，以及卜東延沒加班卻晚歸的日子，你會發現有趣的東西的。」

馮艾保對小嚮導眨了下左眼，帶笑的聲音宛如惡魔的低語，著實引人犯罪。而被引誘的蘇小雅，不爭氣地心動了。

第五章　象牙塔中的克雷宏波症候群

即使不久前才有個人慘死在街頭，引起恐慌和騷動，但千羽虹區的快步調也展現在人們的記憶上。當染血的地磚被清洗乾淨，重新回到原本的白底金邊時，也沒幾個人還記得，這裡曾經有個男人吐血身亡。

王平安的餐車的生意還是那麼火熱，因為王太太還被關在醫院裡，他一個人忙不過來，於是找了個計時工幫忙。對方是個年紀很輕的女孩，看起來才剛高中畢業，稚嫩的圓臉蛋充滿膠原蛋白，與蘇小雅可以一拚。

正午時分，排隊的人潮依舊出現在餐車前，女孩經驗不足，顯得有些左支右絀，但因為她長的可愛，態度又親切，食客們雖然有些焦躁，但也都能耐著性子等待——只要別出現警察。

也不知道是存心還是無意，馮艾保掛著遮擋住半張臉的大墨鏡，帶著何思、蘇小雅以及兩個千羽虹區的員警到場的時候，正是餐車最忙碌的時刻，幾個大男人——這邊要扣除蘇小雅——往那兒一站，筆挺的警察制服、反著光的警徽，讓還在等待點餐的客人直接轉身離開。

很快的，現場只剩下三五個已經點完餐正在等餐的客人，而他們看起來也有想棄單離開的意思。對千羽虹區的白領菁英來說，沒有什麼東西是無法取代的，除了自己。

馮艾保自然展現了他的誠意，招呼幾個人拿著自備的小板凳在一旁坐下，等幾個客人離開。這比直接開口驅趕還令人有威脅感，打工的小姑娘已經嚇得臉色發白，怯懦地躲在餐車一角，甚至都不敢繼續招呼客人。

大概是察覺外頭氣氛不對，也可能是看到躲進來的打工女孩神態驚惶，王平安顧不得手邊的餐點，連忙走出餐車查看狀況。

「馮警官？」見到來人，他忠厚老實的臉上露出訝異，說著就要迎上來。

「不急不急，您先把這幾位客人的餐點做完，我們再慢慢談。」馮艾保擺著手滿嘴客氣話，可言外之意赤裸裸表達出今天的事情恐怕沒這麼簡單結束。

王平安也是明白人，他臉色先是一暗，看起來想發脾氣，但很快按捺下來，苦笑道：「好吧，大概再半小時就結束了，幾位稍等。要不要喝點冷飲？今天天氣很熱啊！」

「不用不用，我們都有自己準備茶水，您忙。」馮艾保回應得滴水不漏。

王平安躊躇了下，發現自己真的沒有什麼能推諉或拖延的空隙，只得轉身回餐車裡繼續出餐。

約莫在十二點半的時候，所有食客都拿到自己的餐點，而王平安也把打工女孩今日份的工資結給她，請她先回去了。

「不好意思啊！耽誤了你們這麼久。」王平安依然穿著圍裙，雙手侷促地在上頭摩擦，掛著溫厚的笑容走近幾個警察。

「怎麼會，時間剛好。」馮艾保看了眼手上微型電腦。

時間剛好？王平安愣了下，顯然沒聽懂馮艾保的意思，他想問又不知道該怎麼問才好，只能不尷不尬地陪笑。

「我們今天來，其實是想借您的餐車做個實驗。」馮艾保沒多廢話，甚至可以說很粗魯地直入主題。

「做實驗？」王平安面露困惑。「可是……我的餐車就是一般的餐車，裡面都是廚房用具，要怎麼做實驗？」

馮艾保發出爽朗的大笑，伸手拍了拍王平安的肩膀解釋：「不是您想像那種需要燒杯或化學藥劑之類的實驗，您放心，絕對不會弄壞您餐車裡的工具，我們就是想借個場地罷了。」

話都說到這個地步了，王平安不管心裡到底願不願意，表面上看起來是鬆了一口氣，點點頭大方表示：「那當然沒問題，畢竟我太太給警察先生你們添了很多麻煩，如果我能幫上忙，那也是很榮幸的。」

蘇小雅不確定自己是不是看到馮艾保挑了個眉，畢竟墨鏡的存在感太強烈了，遮掩住哨兵多數的情緒，只能看到那張形狀完美飽滿的嘴唇，彎起一個好看，但蘇小雅感受到不懷好意的笑痕。

總而言之，在場幾個人，兩位員警是不知道自己能說什麼，他們是臨時被抓來幫忙的，一個多小時前馮艾保帶著何思跟蘇小雅衝進千羽虹區的警局裡，報出一串身體數據資料後，逮到了兩個壯丁。

而何思則已經猜到馮艾保想幹嘛，所以選擇閉口不言，免得妨礙了馮艾保的行動，給自己增加麻煩。至於蘇小雅，他昨晚熬夜把馮艾保發來的資料全部看完了，莫名興奮地想確認自己的猜測對不對。

也就是說，在場沒有一個人會阻止馮艾保，導致王平安孤立無援，他不是沒試圖用眼神跟其他人示弱或求助，希望起碼有個人能跟自己說清楚眼前究竟是什麼狀況，可惜等著他的注定是失望。

首先，馮艾保請名為孫紹鵬的員警在王平安身邊站了會兒，比較兩人的身高體型，不得不說身為哨兵，馮艾保的五感素質高到逆天的地步，扣除一身制服與長年塑造的氣息站姿外，孫紹鵬與王平安身高體格相差無幾。

接著是另一個名為戴維的員警，他體格纖瘦，身高也不特別高䠷，大概就比蘇小雅高幾公分，但體態很勻稱，一身警察制服被穿出了高訂西裝的感覺。

馮艾保很刻意地拿出了照片，都是先前卜東延倒在現場時，從監視錄影畫面翻拍出來的。哨兵煞有介事地對比著照片，拉著戴維調整位置，整個過程中蘇小雅發現，王平安的臉色越來越冷硬，到最後彷彿像戴上了面具般，連心裡一開始紛雜的細語都停止了。

他朝何思看了一眼，年長的嚮導不動聲色，低調地比個要他稍安勿躁的手勢，顯然也察覺到王平安的異常。

戴維站定位置後，馮艾保很滿足地拍拍手，轉頭再次與王平安說起話來：「王先生，我想跟您確定一下，您在餐車裡的時候，是不是完全都看不到外面的情況？」

王平安露出個侷促的笑容。「也不是完全看不見，就是視野很狹窄，而且我平常忙著出餐，也沒時間觀察外面。您也看到了，每天來我餐車前排隊的客人真的不少。」

「喔，原來如此。」馮艾保點點頭，接著又問：「那我再跟您確認一下，事件發生當天，您沒有從餐車裡先觀察過外面的狀況，聽到叫聲就直接跑出來了嗎？」

「我不確定……我、我先關了火才出來的。」王平安這次的回答遲疑了不少，顯然也意識到自己不能把話說得太死。

「沒關係，我手上其實都有先前跟您問過的筆錄內容，只是再確認一次而已。」馮艾保揚起手腕上的微型電腦在王平安面前晃了晃。

蘇小雅第一次知道，有人的臉色可以白得這麼明顯。王平安膚色黝黑，畢竟是長年在外頭擺攤，如今卻在眾人面前，慘白得像一睹石灰牆。

「你進去車裡從窗戶往外看，對講機帶好了？」馮艾保沒再繼續跟王平安說話，而是交代孫紹鵬要怎麼做。

「都帶好了。」

「好，你進去在看清楚戴維之後，就用對講機聯絡。」

「了解！」孫紹鵬行了個禮，迅速跑進王平安的餐車，很快幾人就看到他的身影出現在狹窄的窗戶中。

距離其實並不遠，孫紹鵬的動作在幾人眼中都很明確，他先是稍稍打開了窗戶，這是向側邊推的窗型，客人少的時候可以直接透過窗子點餐取餐，但因為之前有妻子在的關係，王平安似乎很少使用這個功能。

為了力求完美重現王平安的狀態，孫紹鵬是少見的普通人員警，也很巧視力與王平安的數據差不多。

就見對方在車子裡鼓搗了一陣子，很快對講機就傳來了孫紹鵬的聲音：『馮警官，我看到戴維了，他現在正對我比圈……啊！改成比剪刀了……等等，這是要跟我猜拳嗎？』

戴維在馮艾保的指揮下變換手上的動作，而孫紹鵬全都看得一清二楚，一點不漏口述出來。

「很好，你現在低下頭打開爐火，直到聽見尖叫後再抬頭從窗子往外看，在看到戴維後一樣用對講機聯絡，如果一直看不到，就直接關火離開餐車回來。」

『收到！』

幾人看到孫紹鵬低下頭後，開始面面相覷。

「誰要尖叫？」蘇小雅開口問，表情防備地看著馮艾保。這傢伙沒事還原得這麼細要幹嘛？早知道要尖叫，他可以錄一段電影裡的尖叫聲帶過來呀！

何思依然像個局外人，很疲倦似的看著遠處的大樓放空，一手插在褲子口袋裡，擺明自己不奉陪。

戴維現在躺在地上，與之前卜東延躺倒的位置完全重合，連姿勢都一模一樣，只差滿身鮮血了。

王平安低著頭，半點都不敢往戴維的方向看去，身體微微發著抖，只要有眼睛的人都不會看漏。

即使如此，馮艾保依然沒打算放過王平安，他清清喉嚨，用一種挑釁的眼神瞟了蘇小雅一眼，完全不顧臉面地發出矯揉造作的尖叫……可以說是千迴百轉、九彎十八拐，蘇小雅全身的雞皮疙瘩同時豎起，悚然地看著這個臉皮比鈦合金還堅固的哨兵。

餐車裡，孫紹鵬很快抬起頭，在裡面用盡辦法張望了許久，對講機沒有傳出他的聲音，倒是他人直接離開餐車小跑著回來。

「戴維倒下後，我就看不到他了。」

蘇小雅下意識看了眼自己的錶，從馮艾保發出尖叫，到孫紹鵬離開餐車，大概花了四分多鐘。

「王先生，我方便請教您，為什麼在聽到尖叫聲跟騷亂聲後，隔了五分鐘才從餐車裡出來嗎？」馮艾保終於還是對王平安齜出了利牙。

「我、我就是……關了火……就是……」王平安結結巴巴的，不斷拿著手帕抹汗，背脊都佝僂了幾分。

「我們家員警剛剛也關了火才跑出來。」馮艾保輕描淡寫地道。

王平安霎時一個字也說不出口，只是垂著腦袋，牙關發出喀喀的打顫聲。

「對了，我方便看一下您的左手掌心嗎？」馮艾保往前站了半步，高大的身軀遮擋住陽光，在王平安身上落下一片陰影。

中年男人猛地抖了下，畏畏縮縮抬起臉，露出一個怯懦的笑容。「這個……我的手很髒，怎麼好意思給您看……」

「王先生。」馮艾保微微拉下墨鏡，露出一雙黑得宛如深夜，彷彿完全不透光的眼眸，就這樣看著王平安：「我方便，看一眼您的左手嗎？」

明明首當其衝的就是王平安，可站在一旁的幾個人，除了何思外，都不由自主從心底膽寒起來，全身寒毛都豎起，有種自己被肉食動物盯上的悚然感。

王平安訥訥地張了張嘴，最後抖如篩糠般伸出自己的左手，把掌心往上攤開在馮艾保眼前。

一道橫跨左手掌心的浮凸傷疤展現在眾人眼前，看起來是很久以前的傷了，但當年應該是傷得非常嚴重。

馮艾保輕輕地露出一抹淺笑，把墨鏡推回原位。

「王平安先生，請問您願意隨我們到警局，讓我們請教您幾個問題嗎？」

☼ ☼ ☼

馮艾保是從看到王太太的就診紀錄後，確定了王平安在這個案子裡占據了一個不簡單的位置。

首先，王太太在被審訊時說的話，特別是感情部分，都是臆想。包含殺人自白大概率也是臆想居多，理由就在於，王太太是個克雷宏波症候群患者。

克雷宏波症候群又被稱為情感妄想症，是一種不那麼多見，但經常出現在戲劇文學作品當中的病症。簡單說，患者會出現和另一個通常有較高社會地位的人物，祕密談著戀愛的錯覺。

患者會相信，那個被他們當錯覺對象的人，透過諸如：行為模式、家具擺設、言行舉止、衣著打扮等等，暗暗地表示對患者的愛意。但這個錯覺對象，其實往往很少，或根本沒有與患者本人有接觸，但患者依然相信自己與錯覺對象有親密的感情，並且被深深愛著。

王太太從少女時代，約莫十二三歲開始，就有明顯的病徵。

一開始，她是將虛幻的人物當成自己的戀愛對象，像是書裡、遊戲裡，乃至於電視上的明星之類的人物。但因為她當時年紀小，儘管表現出偏執行為，會偷偷損毀與自己喜歡同樣角色或對象的同學的私人物品，甚至有一次還出手傷了人，但學校也好、家人也罷，都沒意識到她其實有精神方面的病徵，只覺得是小女生一時的瘋狂，畢竟誰沒年少過呢？

因此，雖然她將不認識的同學從樓梯上推下去，但因為恰好是大集會的時候，大家都卡在樓梯上等著下樓，受害者沒有真的受到傷害，只是扭了一下腳課，這件事就這麼被輕易地搓湯圓搓掉了，王太太僅僅被記了一個警告，被罰半學期的留校察看，以及清潔校園，連一點更大的水花都沒有濺起。

隨著她年紀漸長，情感妄想的症狀也一同加劇，她開始把妄想的錯覺對象從虛擬人物，轉移到身邊的真實人群上。馮艾保很輕易查到了她身上有三個案底，全都是跟蹤及擅闖民宅之類的犯罪行為。

不過，這些案底都發生在王太太嫁給王平安之前，結婚之後，便未曾再發生過類似的狀況了。

「也許王平安根本也不知道王太太有這種精神疾病啊？」蘇小雅看著僵硬地坐在審訊室內的王平安道。

他不是故意要質疑馮艾保的判斷，但畢竟王平安只是普通人，和王太太又是相親結婚的，那種不大不小的案底通常連鄰居家人都不一定清楚知道，綜合判斷起來，王平安不知道的可能性比較高。

「來，你看看這幾個病歷紀錄。」馮艾保調出幾張病歷單投射在牆上，都是地方性小醫院的身心科病歷，同時解釋道：「妄想症是一種慢性進行、有系統、有組織的思維障礙精神疾病，也就是說患者的症狀會隨著年紀越來越加深，變得更嚴重。當然，藥物可以有一定的減緩作用，但更重要的還是環境與家人的陪伴，以及患者自己有無病識感，是否願意配合。」

那幾張病歷上都寫明了王太太的症狀，一開始寫的是偏執症，最後修正為情感妄想症，也開了多巴胺拮抗劑這類的藥物。

也就是說，即使婚前王平安不知道太太的精神疾病，婚後也被迫知道了。顯見，在他們的婚姻中，王太太應該曾表現出情感妄想的症狀，王平安才會帶太太去看醫生接受治療。也是在開始接受治療後，王太太從原本的職場辭職，專心陪著丈夫做生意。

所以，當王太太承認自己殺人的時候，王平安就確定了，王太太應該是妄想症發作，把自己當成為了維護家庭和諧，而不得不痛殺所愛的悲劇人物。

但這個病症原本在家人的陪伴下，是很容易獲得改善的。王太太與王平安結縭二十餘年，長年來都有控制住病情，很顯然王太太把所有的注意力都放到了家庭裡，她也把妄想症轉移到自己丈夫身上，妄想出一個完美的家庭生活，她與丈夫有著最壯烈輝煌的愛情故事。

「既然如此，王太太為什麼又會突然看上卜東延呢？」蘇小雅頭痛地問。

他迅速查詢過妄想症的病癥，可以確定就算王太太妄想卜東延跟自己有戀愛關係，可是這種妄想症一般不太會轉變為激進的殺人行為，因為妄想症並非沒有邏輯，實際上整個故事的邏輯是很強的，這代表妄想症患者知道殺人是犯法的，她也許無法控制自己跟蹤或騷擾，殺人卻是完全不同程度的犯罪行為。

這也可以說明，為什麼在講到自己與卜東延的戀愛關係時，王太太的論述合理順暢，乍聽之下完全不覺得哪裡有問題。可一提到殺人，王太太的故事就進行不下去了，代表她根本未曾妄想過這個部分。

「或許是因為她發現了更令自己難以接受的事情，為了強迫自己接受，乾脆編造了別的故事讓自己好過。」馮艾保別有深意地看了眼審訊室中，其貌不揚的中年男子。

「那個音檔是什麼？」何思指著病歷表後面的音訊標誌詢問。

「喔，那是我昨天去找王太太聊天時，錄下來的東西。你們要聽聽看嗎？會有驚喜喔！」」馮艾保眨了眨左眼，語調輕快得讓人很不爽。

「聽。」何思不想問他什麼時候偷跑去醫院找王太太的，連個招呼都不打一下。

音檔開始播放，一開始是王太太羞澀怯懦的聲音，也許是這些日子來都沒怎麼跟人說話，要講長句子的時候口齒不太伶俐，一開始有些結結巴巴，需要思考個幾秒才能慢慢地表達自己的意見，但很快在馮艾保風趣話題的引領下，王太太的拘謹消散了，口舌也靈活了不少，開始聊到了自己跟丈夫之間的故事。

『我跟我先生是相親認識的，那年我都已經快三十歲了，是個老小姐了，之前雖然談過幾次戀愛，但都沒有什麼好結果，總是遇到渣男……他們一開始都說愛我，說自己有很多不得已，所以無法跟我經常見面，要我低調不要聲張……我也不是不介意，可是我愛他們啊！他們也是愛我的，我知道，所以我都能夠忍耐下來。可是……』

『他們都做了什麼？』馮艾保的聲音原本就異常好聽，但蘇小雅沒想到，透過機械，一般人的聲音都會因失真而失去原有的悅耳或魅力，馮艾保的聲音卻反而更加讓人……

蘇小雅偷偷地摀住了自己的左耳，卻忘了右耳耳垂也是會通紅的。

之後王太太叨叨絮絮地敘說著自己與先生的感情有多好，他們是一對互相扶持的夫妻，這個世界必須這樣才能順暢的運轉，男女互相填補扶持，妻子要如何支持丈夫，要如何崇拜丈夫，這樣丈夫才能有足夠的動力，好好為這個家付出，並且愛著自己的妻子。

『那妳，為什麼會愛上卜東延？』

無論馮艾保的聲音多悅耳，無論他的態度多親切，無論他看起來多麼令人心頭搔癢，他永遠都會在你最毫無防備的時候，剝開讓你最痛苦的那道傷疤，甚至還惡質地用手指戳進去攪動。

原本語氣放鬆、聲調愉悅的王太太，猛地停住了滔滔不絕的話語，音檔沉默了好長一段時間，大概有五分鐘或者十分鐘，除了呼吸聲及一些窗戶外傳來的白噪音外，什麼聲音都沒有。

『他……必須是愛我的……他當然得愛我……他當然得……巧達濃湯就是個

信號，每次……每次……有這道湯的時候，他就會在約好的地方跟我見面……但其實……我只去過一次……就一次……一次而已……』王太太的聲音嘶啞，小心翼翼地不敢喘哪怕粗重一點的氣息，彷彿是畏懼會驚擾起什麼，她的害怕中包含了很多蘇小雅分辨不出來的情緒，他真的很希望自己當時能在場。

王太太又停了好久，在蘇小雅以為錄音到此為止的時候……

『我不應該去的。』聲音非常低沉，幾乎像咬著牙從齒縫中擠出來一般。

蘇小雅縮起肩猛地抖了抖，他說不上是什麼感覺，只覺得自己背脊及手腳都涼透了。

錄音又播放了十幾分鐘後才停下，最後一段問答，聽得蘇小雅瞪大雙目，不可置信地看著馮艾保，想從他嘴裡聽到一個更有力的肯定。

「怎麼樣？足夠從王平安嘴裡把話都榨出來了吧？」馮艾保操作了下音檔，將最後那段問答擷取出來，寄給了何思與蘇小雅，隨後抱著手臂對兩個嚮導調笑。「你們誰要去會會這個王太太眼中完美的丈夫呢？」

別看王平安表現出來的是怯懦、緊張跟畏縮，實際上透過精神力觸手，蘇小雅很明確感受到他的情緒從一開始的錯愕驚慌，如今已然回復平靜，甚至可以說已經武裝好自己，等著接受警方的問話了。

這個男人的心理強度，遠超他表現出來的外表神態，甚至可以說比上次遇到的安德魯還要難對付。

「我帶小雅一起去問話吧，這是個學習的好機會。」何思將散放的檔案資料整理好，喀喀在桌上敲了幾下。「來吧小雅，比起哨兵或嚮導，真正讓人頭痛的，其實是這些普通人啊。」

☼ ☼ ☼

看到兩人推門走入，王平安侷促地在椅子上調整了下坐姿，討好地笑著對兩人點頭示意。

「兩位警官先生，請問……你們找我來是想問什麼？我知道的事情真的已經都告訴你們了。」

也許是長年做生意的關係，王平安的姿態習慣性放得很低，臉上也總是帶著笑容。他不年輕了，五十多歲，身高其實挺高有一百八十公分，可總是微微彎著腰，就給人一種恭敬中隱含卑微的感覺，視覺看起來會誤以為他是個矮小的男人。

蘇小雅與何思分別在王平安面前坐下，資料夾放上桌子時叩的一聲，王平安也跟著縮肩猛抽顫了一下。

「王先生，你說你不認得死者卜東延是嗎？」何思開口直入重點，王平安現在的身分是案件關係人，而不是嫌疑犯，他隨時可以不配合問話離開警局，所有人都拿他沒有辦法。

「這個……」王平安小心翼翼把手放上桌面，神情怯懦遲疑。「我不太確定警官先生您問的是誰，我確實有個熟客叫這個名字，可是您也知道，那天在現場大家都很緊張，那麼一個大活人突然吐血倒下，全身都是血，五官都被血跡遮擋了大半，我乍看之下是真的不覺得那位是我認識的人。」

整段話可以說是滴水不漏，既表現出了王平安這人謹小慎微的性格，又解釋了警方對自己說謊的疑慮，說話技巧可以說是非常高深，要不是蘇小雅能直接探查到他的情緒波動，恐怕都要相信事實真如王平安所說的一樣。

蘇小雅很習慣用精神力觸手去探查他人的情緒，恐怕比何思這樣老練的嚮導都要習慣，但此時此刻，他唯一能從王平安身上感受到的情緒就是「冷漠」。

眼前這個男人臉上阡陌般的皺紋因為長年帶笑的關係，即使不笑也固定在彷彿笑著的形狀。當初在廣場見到的第一面，只覺得是個其貌不揚，但很親切的中年男子，擔心自己的妻子，心疼地安撫著驚嚇過度的妻子，就像一個真正深愛著妻子的丈夫該有的模樣。

但人怎麼可能時時刻刻隱藏真實的自我呢？

何思看了眼王平安，從資料夾中抽出一張照片，往前推了推。「那你看看這張照片，是不是你認識的那位卜東延。」

王平安正準備伸手拿起照片，又突然停下動作，朝何思看了眼，應當是徵詢自己能不能動手。

何思輕飄飄一頷首。「你可以拿起來看，仔細看清楚，想好再回答我們的問題。」

與馮艾保那種棉裡包針的問話方式不同，何思有著多數嚮導都有的冷靜平和，他的語氣及用詞都很柔軟，落在耳中的第一時間不會意識到有什麼讓人瑟縮的部分，可稍微一細想，就會有種自己心頭彷彿被押上了石塊的感覺，莫名令人喘不過氣。

王平安躊躇的手在照片上徘徊好一會兒，期間偷偷看了好幾次何思，也偷看了幾次蘇小雅，但見兩人都沒什麼反應，表情一點變化都沒有，最後才下定決心拿起了照片。

蘇小雅真是嘆為觀止，他不知道王平安為何要這樣裝模作樣地表演，但中年男子心中的情緒依然被一層硬殼包裹著，武裝得滴水不漏，幾乎連「冷漠」都快消失了，取而代之的是些許的不耐煩，特別是在拿起照片的那瞬間，蘇小雅感知到一閃而逝的煩躁。

卜東延是個就算在證件照上都很好看的美男子，何思給出的相片是一張半身照，就是拿證件照去放大的，拜科技之賜，畫質依然非常清晰細膩，唇角含笑的俊美男人，宛如隨時會開始呼吸，跟現場的人們打招呼。

他有張秀氣的瓜子臉，以男人來說下顎的地方顯得過於秀氣狹窄，但往下連結的脖頸線條在纖細中卻不失屬於男性的俐落，整體組合成一種隱藏著性感的優雅。

儘管掛著金絲框眼鏡，但純粹是裝飾用的，遮掩了眉眼過於濃豔凌厲的風采，轉變成了幹練與斯文。不管是誰，看到這張照片中的男人，都會認為他是個令人心曠神怡，且精明能幹的白領菁英，無論他是會計師、理財顧問、律師或任何一種職業，客人都會很樂意選擇他替自己服務。

王平安看了很久，可以說太久了，幾乎都快在照片上看出一個洞，才終於把照片放回桌面上，對兩個嚮導露出笑容。「我確實認得這位卜先生，他是我家的老客戶了，大概七八年前就開始天天來我家吃午餐，特別喜歡巧達濃湯。」

「說到巧達濃湯，馮警官對你家的湯特別感興趣，從前幾天就一直嘮叨著說想喝。不過，最近你好像沒做這道湯品啊？」何思突然露出一抹笑，語氣也熱情起來。「也不知道他從你家湯裡聞到什麼味道了，心心念念的，我買其他餐廳的湯給他喝都堵不住他的嘴，你方便透露一下你家的祕方嗎？」

沒料到何思會開起這個話題，王平安很明顯愣了下，訥訥回答：「其實……也沒什麼特別的，就跟市面上的巧達濃湯差不多吧……您也知道我這是小本生意，一碗湯才賣六十五元，裡頭放的都是些冷凍的蝦仁、青豆、紅蘿蔔跟蟹肉棒這些東西，奶製品也都是些便宜貨……」

「奶製品？」何思打斷王平安，手指在桌面上敲了敲，笑得更親切了。「你的巧達濃湯裡用的都是哪些奶製品？」

「這個……」王平安侷促不安地握了幾握雙手，十根手指都被按壓得漲紅起來。「都是些常規的東西。」

「常規的東西？」何思不肯輕易放過，語氣柔和卻隱藏不住咄咄逼人的氣勢。

「就是……呃……」王平安招架不住地嘆了口氣，抹了把臉討饒般道：「警官先生，是這樣的，我家的巧達濃湯其實並沒有使用奶製品，這算是我家的獨門配方，所以我剛才才會不願意回答。我是用堅果奶跟植物性鮮奶油取代奶製品，要是馮警官有興趣，我明天可以做一些送來給你們嘗嘗味道啊！」

何思沒說收或不收，而是轉了個彎再次提起卜東延。「說到奶製品，我聽卜東延的遺孀說過，他對奶製品過敏，所有的奶製品都不能吃，這件事情，你知道嗎？」

「這麼隱私的事情，我跟卜先生平常連話都沒說過兩三句，怎麼會知道這種事情呢？」王平安連連擺手，看起來很慌張。「警官先生，我不知道我太太是不是又說了什麼奇怪的話，但是你們也看過她的就醫紀錄了，應該也知道她是什麼狀況。很多事情，她不是有意的，就是沒辦法控制自己，希望你們別太當真。我太太，也不是自己願意生病的。」

「你覺得你太太會說什麼奇怪的話？」蘇小雅腦子嗡一聲，或許也是仗著何思就在身邊，乾脆放任自己語氣尖銳地問了句。

「這……我也不清楚……」王平安彷彿被嚇到了，他眼神驚慌畏縮，迅速瞟了眼蘇小雅後就躲開來，垂著腦袋囁嚅：「她也不是自己願意的……她小時候就生病了，可是我岳父家並不是很關心我太太，一直沒注意到她發生了什麼事情，直到跟我結婚後，有一次我發現她藏了一堆情書在櫃子裡，全部都是寫給一個我不認識的男人，我本來以為她是外遇了，後來才發現她是生病了，她跟那個人根本不認識……我很愛我太太的！她是個很好的女人，溫柔體貼總是支持我，她不應該繼續被這個病拖累！所以我帶她去看醫生，讓她跟在我身邊，只要有我陪著，她的病情就會很穩定，醫生是這麼說的，這二十年來她也都沒在發病過了……我不知道為什麼她又會……」

說著，王平安痛苦地摀住臉，悲切又壓抑的哭泣聲塞滿了狹窄的審訊室。

「你還是沒有回答我，你認為你太太會說什麼奇怪的話？」蘇小雅冷漠地聽著王平安痛苦的哭泣，精神力觸手上反饋的情緒簡直像平行世界傳來的，厭惡、煩躁、噁心以及一種近乎能灼傷人的惡意。

「我……我不知道……但我想，警官先生你們會審問我還拿我的餐車做那個奇怪的實驗，肯定是因為我太太又說了什麼奇怪的話。我也很想知道，她到底說了什麼？就不能跟我說嗎？我現在真的不知道你們想從我嘴裡問出什麼東西來！我知道的，我真的都說了啊！」王平安激動起來，抬起淚痕交錯、狼狽的臉，不甘乂痛苦地捶了兩下桌子，似乎對自己被警方懷疑感到深深的無力。

「你太太確實說了些讓我們懷疑你的話，不如你也聽聽看？」何思把帶著微型電腦的手放到桌面上，點下了音檔播放。

王平安還是一臉痛苦又無措的無助模樣，但微微歪斜，把耳朵抬高的動作幾個人都沒看漏。

他顯然是非常在意音檔裡的內容，眼眶明明還是紅的，眼淚卻已經乾了。

錄音最前面的十幾秒是沙沙的白噪音，當沙沙聲消失後，是一輕一重兩個呼吸聲，蘇小雅知道，輕的那個是馮艾保，重的那個是王太太。

兩人交錯的呼吸聲又延續了接近半分鐘，蘇小雅能感覺到，王平安情緒上傳遞過來的焦躁不安，像孟克那幅《吶喊》般扭曲著，讓蘇小雅非常不舒服，不得已暫停對王平安的探查。

『妳那天去赴約的時候，看到了什麼？』馮艾保的聲音先出現在眾人耳邊，柔和悅耳的男中音，讓現場凝滯的空氣微微舒緩了些許——當然，這種舒緩王平安不算在內，他幾乎掛不住好丈夫忠厚老實的面具。

『我……看到了卜先生……』王太太的回答像是嘔吐，用盡了全身的力氣，好不容易才吐出幾個字來。

『只有卜先生嗎？』

『當然……當然啊……肯定只有他的……難道不是嗎？畢竟是他約了我見面啊！我們用巧達濃湯當信號，每次有巧達濃湯的時候，就是約好見面的日子。晚上七點半，在欣美旅館的四〇五號房，叩叩……叩叩叩……叩叩……叩叩叩……』

王太太平鋪直敘的語調，聽得蘇小雅背後寒毛直豎，即使是第二次聽了，都控制不住地用精神力觸手把自己牢牢抱住。

『王太太，我再跟妳確認一次，妳還看到了誰？有誰在妳前面，叩叩……叩叩的敲門，進入了房間嗎？』馮艾保不只問，他還在不知道什麼東西上，也許是桌子，敲出了這幾個聲調來。

王太太狠狠地抽了一口氣，彷彿想用這口氣把自己憋死，一下又一下不斷抽著氣，最後猛地全部吐出來，伴隨而至的是牙關喀喀打顫的聲音。

『王太太？』

『我……我其實知道……我知道的……我先生發現了，發現我跟卜先生之間的關係……我答應過他不會再犯的，我這麼愛他……這麼愛他……這麼愛他……』王太太停下了叨絮，深呼吸了好幾次，一個字一個字道：『我，這麼愛他。』

『所以妳看到王先生進了卜先生所在的四〇五號房間？』

王太太不肯再回答這個問題，只是不斷重複著自己和丈夫之間的深情，翻來覆去重複著自己的愛意，以及丈夫那甜蜜又可愛的嫉妒心，總是害怕她會被別的男人吸引……她不能對不起丈夫，絕對不可以，因為她承諾過了諸如此類。

馮艾保聽了一陣子後，打斷了王太太的絮叨。『那天，王先生對妳說了什麼？妳方便告訴我嗎？』

『那天？』王太太茫然不解，她還沒從自己的思緒中抽出身來，似乎沒聽懂馮艾保的問題。

『我這麼問吧，當妳殺了卜先生那天，在警方問話之前，妳先生說了什麼？』

王太太又沉默了好一陣子，似乎很掙扎要怎麼開口。

『妳不想證明妳對妳丈夫的愛嗎？』馮艾保彷彿惡魔一般，輕飄飄地用言語推了她一把。

『他說……我對不起他，我答應他不能再犯的。他說，他知道我又再次愛上別人了，他很傷心。他說……他說……』王太太似哭非哭、似笑非笑，聲音輕得像是一根羽毛。『我應該承擔起責任，如果我愛他勝過愛卜先生……』

錄音戛然而止。

何思與蘇小雅看著王平安，這個臉上淚痕未乾的男人，露出一抹笑容，攤手聳了聳肩。「這段話又能代表什麼？你們警方刻意引導問話？還是我太太的病症更嚴重了？警官先生，如果沒有別的問題，我不繼續奉陪了。」

「我們不妨聊聊新美旅館櫃檯的吳小姐，以及……這張照片。」何思抽出一張翻拍自監視錄影器的照片，人影模糊，但還是可以隱約看得出來王平安的輪廓。「其實呢，新美旅館前陣子更新了監控設備，增加了七個鏡頭，其中一個就對著四〇五號房那條走廊，真巧不是嗎？」

聞言，原本還一副游刃有餘模樣的王平安，臉上的表情瞬間僵硬，隱藏在內心的冷漠終於徹底浮上了檯面。

「王平安先生，我再問你一次，你是否認識死者卜東延？」審訊室裡的氣氛一變，何思的表情也嚴厲了起來。

「你們不都知道了嗎？」王平安抱起雙臂，向後靠在椅背上，睨著兩個嚮導。「我認識卜東延，會跟他在新美旅館幽會，我想你們應該也已經發現了，但凡我攤子上有出巧達濃湯的日子，就是我要跟他幽會的日子。但，這些又代表什麼？難道，法律還要干涉到我的情感生活嗎？」

說著，王平安甚至笑了起來。與他先前那種怯懦討好的笑容全然不同，眼前這個人自信自傲，對眼前不利於自己的情況，渾然不放在眼裡，甚至還透著一股對警方的嘲諷。

「你的私生活如何，法律自然是管不著的，除非你太太打算跟你離婚。」何思半點沒有被挑釁到，還分了一些精神去安撫氣得精神力觸手亂揮的蘇小雅。

「但是，你隱瞞了與死者的關係，並且慫恿你太太承認殺人罪行已經妨礙了警方辦案，這部分我們就必須跟你請教清楚了。」

「我不懂你們的意思，我怎麼就慫恿我太太認罪妨礙警方辦案了？」王平安雙手一攤撇撇嘴，一臉啼笑皆非的樣子，好像他真的完全無辜，是警方刻意要把罪刑擅自安到他身上似的。

蘇小雅整個人都炸了，連何思都來不及壓制，他一拍桌子怒斥：「你還否認！剛剛的錄音已經很講得很清楚了，你要你太太承擔責任，要她證明對你的愛！你操控她！」

上次面對安德魯的時候，蘇小雅其實並沒有怎麼被挑撥起脾氣來，因為他知道怎麼對付安德魯，但面對王平安他有種無處可使力的鬱悶。偏偏這個男人露出真面目後，沒有絲毫後悔或羞恥，甚至連謊言被拆穿的羞憤都沒有，他平靜得令蘇小雅憤怒，卻又無計可施。

「就算我操控她又如何？這是我們夫妻之間的相處方式，我太太是個沒有人管束就會做錯事的人，這二十多年來如果不是我照顧她，你認為她能過上現在這種平靜的生活嗎？她本來就應該感謝我對她的付出，感謝我沒在知道她有病之後跟她離婚。」提起自己的太太，王平安臉上的厭惡跟鄙夷完全不再隱藏，他嘴裡的人不像是結縭二十多年的妻子，更像是在說一隻不聽話的寵物。

「所以，你承認自己操控王太太認罪？」何思用精神力觸手壓制住差點又要跳起來的蘇小雅，同時抓住了王平安的話質問道。

這段話聽起來像是承認自己的罪行，然而王平安依然神色平淡，臉上掛著嘲諷的淺笑道：「我可沒有要我太太認罪，確實，就像你們剛剛播放的錄音，我是在案件當天要我太太證明他愛我，但我有哪句話說到要她承認殺人了嗎？誰知道這個女人已經瘋到這種程度了，反而給我惹麻煩。」話到最後，他啐了口：「成事不足敗事有餘。」

「你既然沒有要她認罪，那你倒是解釋解釋，在錄音裡你要王太太承擔什麼責任？又要她怎麼證明？」何思終究沒能完全壓制住蘇小雅，小嚮導咄咄逼人地把手撐在桌子上，臉幾乎都要湊到王平安臉上了。

王平安哈哈一笑，絲毫不閃躲，反倒還刻意湊了上前，兩人間的鼻息一瞬間交纏在一起，蘇小雅硬著脖子沒退，精神力觸手唰一下整個張開，威嚇地發出劈啪聲。

但王平安是普通人，他根本感覺不到嚮導的精神力有多蓄勢待發，卻能很明顯看出眼前的年輕人有點外強中乾，只是強撐著與自己對峙，他又湊近了一些，已經能感受到蘇小雅溫熱的氣息吹拂在自己臉上。

「你回答問題就好！」這次蘇小雅沒撐住，自己退開了幾公分。

他總不能用精神力觸手抽普通人。若對方是個哨兵，這種時候對方很容易會下意識動用費洛蒙試圖壓制嚮導，也就給嚮導創造了反擊的空間。但偏偏王平安是個普通人，他是挑釁沒錯，蘇小雅卻連他一根寒毛都不能碰。

「警官先生，我已經回答了。不管卜東延是因為誰或什麼原因死了，都跟我無關。我承認，我是對我太太說了那些話，但我要她做的只是背下與卜東延外遇的責任而已，誰知道她那個廢物腦袋會連這種話都聽不懂呢？擅自承認自己殺人，妨礙警方辦案，全都是因為她是個神經病。」王平安倒沒有繼續逼近蘇小雅，一席話輕描淡寫，最後還無辜地聳肩道：「我本來也不覺得你們能查到我跟卜東延外遇的事情，只是覺得被查到的話很麻煩罷了，才想讓她盡一點當太太的責任。

「你！」蘇小雅還想說什麼，這次何思拉住他，把人推回椅子上，用精神力警告他不要再次衝動。

蘇小雅鬱悶透了，但也不敢反抗難得嚴厲的何思，生怕會被趕出審訊室，只能氣憤地坐在椅子上，抱著手臂瞪著對自己笑著的王平安。

這男人在刻意挑釁自己，蘇小雅意識到了，但他真的很難控制自己不要生氣。不管他說的話有多少是真多少是假，都不能掩蓋他對一個生命，一個與自己有親密關係的人死亡，表現出的漠然，甚至可以為了將自己摘出事件中心，能夠毫不猶豫地陷害自己的妻子。

想起醫院裡，王太太正因為不屬於自己的錯誤而懲罰自己，一心期待著丈夫能來接自己回家，繼續屬於他們夫妻之間的完美生活，蘇小雅都不知道該同情還是該恨其不爭了。

「也就是說，依照你的說法，你沒有對卜東延做什麼，只是為了不想被人懷疑，也不希望外遇的事實被發現，才讓王太太替你承擔外遇的責任？」何思語調平靜地確認道。

「對，就是這樣。說起來，這不犯法吧？不管是外遇，還是預防性要我太太承認與卜東延的外遇，或者沒承認我認識卜東延，難道你們要因此懷疑人是我殺的嗎？」王平安哼笑聲。

「那麼，在外面開始騷動之後，你為什麼隔了五分鐘才出來？」

「就像你們的實驗一樣，我只是透過車窗在觀察外頭是什麼狀況，那個時間點，我很忙碌，如果不是什麼要緊的事情，我何必特別跑出去察看？」

「你是不是早就看到卜東延了？也看到他正要跟你太太點餐？」

「看到怎麼樣？沒看到怎麼樣？難道我還能用眼神殺人嗎？」王平安翻了個白眼，神色厭煩。「警官先生，夠了吧！我已經很配合你們了，妨礙你們辦案的人是我妻子，我只不過是跟卜東延有外遇關係罷了，除了我太太沒有其他人發現，我不想跟他玩了，分手就是，沒必要到殺人。再說了，他吐血的時候我人在餐車裡，我又能怎麼殺人？」

「但你看到你太太被吐了一身血的模樣對吧？卜東延手機上最後一個訊息來自於一個陌生的號碼，我們已經查到這個號碼是你用來跟卜東延幽會時聯絡的，你問他怎麼回事，要他不要胡鬧，告訴他你很厭煩他的小手段了……我猜，你跟卜東延之間，出了一些矛盾或齟齬，大概是類似於，你要分手，而他不願意之類的事情。因此，一開始你才會以為只是卜東延在耍手段，是嗎？」

面對何思的詢問，王平安扭曲著嘴角不回答，似乎是默認了。

但此時，何思卻露出一抹微笑，嘖嘖嘖地搖著頭，饒有興致地看著他，翻出一張男人的照片推到王平安面前。

照片上是個年輕男人，大概只是二十出頭歲，相貌端正、眼神清澈，一身筆挺的西裝，雖然只有上半身，卻依然看得出好身材。

「你知道這個人是誰嗎？」何思問。

王平安冷漠地看著照片，一手環著胸，一手則摀住了自己的口鼻處，這是很明確的防禦姿態及排斥舉動，顯然他沒有了先前的游刃有餘，反倒有種被打得措手不及的慌亂。

「這個人，是卜東延的屬下，非常年輕有前途，家世好、學歷好，為人善良單純，唯一的缺點大概就是，他在感情上少了點道德。」何思嘖嘖地感慨，將照片又往王平安的方向推了推。

「你知道他對吧？你肯定知道的，畢竟，這張照片是我們從卜東延的手機裡找到的，我們修復了他手機裡所有的聊天數據後發現，他幾個月前曾經錯發過一條訊息，本來是要發給這位年輕人的，但發到了跟你的祕密號碼上。儘管很快就刪掉了，系統顯示你未讀，但我們都知道，如果你沒有特別設定，新訊息發來是會有彈出視窗通知，你應該是看到了這則訊息的通知，也知道卜東延已經開始跟別的男人曖昧了，對吧？」

王平安不回答，表情冷硬得像石雕。

「你現在雖然是做餐車生意，但其實你曾在大學讀藥學，雖然二年級就休學了，可是成績一直很不錯，兩年都有拿到獎學金。」何思的資料夾簡直像百寶箱，抽出一張又一張紙本文件，都是關於王平安大學時代的成績與作業、獎學金申請表等等的資料。

蘇小雅看得目瞪口呆，他不知道何思哪時候拿到這些東西的，他竟然都被蒙在鼓裡！

「你跟卜東延，每個月會見面七到八次，持續了兩年左右的時間。一般都是由你邀約，用巧達濃湯為信號，過去卜東延不會拒絕你，可近半年他卻經常用不同藉口婉拒會面。這個月，在事件發生前，你們才見了一次面。」何思的雙手在桌上搭成塔狀，姿態很輕鬆寫意，好像他嘴裡說出來的東西，沒什麼大不了的。

「那又怎麼樣？他年紀也大了，我跟他就是玩玩，屁股都鬆了，隨便哪個想撿垃圾的人撿去就算了，還省得我麻煩。」王平安嘴上掛著扭曲的笑容。

「我能不能請問，你四個月前，也就是三月份，曾經從網路上購買了一款號稱美容效果拔群的維生素E膠囊，最後送給誰了呢？」

何思語調還是那麼溫柔，卻一舉破了王平安堅硬的情緒外殼，表情儘管冷硬似乎毫不在意，蘇小雅卻第一次感受到了他驚惶失措。

若是王平安此時提出要見律師，並不再回答問題，固然會因為有殺人嫌疑暫時被羈押，但勉強可以止損。

無奈何思的準備實在太齊全了，也根本不需要聽他回答，又再次抽出資料往他眼前推。

「你購買的維生素Ｅ膠囊大約可以服用四個月到半年，我們在卜東延的公司找到剩下的部分膠囊，上面的製造批號與你購買的膠囊一致，你也是卜東延本人乃至周邊關係網中，唯一一個購買此批號維生素Ｅ膠囊的人，您能否解釋一下，為什麼你購買的膠囊會出現在卜東延手上？」

王平安此時此刻已經再也維持不住臉上的平靜，他臉色倏地蒼白起來，額頭上冒出冷汗，這個表情蘇小雅之前也看過，就在先前幾人用餐車做實驗的時候，但那時候王平安的內心與外在表現並不符合，現在終於內外一致了。

他慌亂又故作鎮定地看著眼前態度溫和，卻逼得他節節敗退的何思，清了清喉嚨回答：「就算……就算膠囊是我送的，那又能代表什麼？你們也看到卜東延了，那個騷貨，總是打扮得花枝招展的，勾引男人！明明自己有老婆了！當初也是他自己送上門來給我操的！我送他膠囊，只是要他把自己保養得好一點，別看他人模人樣的，畢竟都要四十歲的老東西了，皮膚哪有年輕人滑嫩細膩？他自己風騷，我不過就是送了個小禮物，當成這幾年的嫖資罷了！」

「你應該發現到這一年來，卜東延身上越來越容易出現瘀傷對吧？你似乎也很樂於在他身上留下自己的痕跡。」這次，何思拿出來的是卜東延身上的瘀斑照片，掌印的痕跡被勾畫得很清晰，特別是左掌印，當中有一個明顯的傷疤痕跡。

王平安像被燙到一般，神經質地抖了下左肩，握住了左手往桌下藏。所謂的「此地無銀三百兩」，大概就是這種情況吧。

「我們是不是可以這麼推測，你運用自己以前學過的專業，發現卜東延應該有內出血的症狀，很可能是藥物或食物中毒導致的，你不確定是有人故意針對卜東延，或者單純是卜東延運氣不好，自己接觸了過量的特殊飲食，畢竟這種自體出血症狀如果是藥物引發，進展會非常迅速，發展的時間不會這麼長。原本你可能只打算冷眼旁觀，畢竟依照你所說的，你跟卜東延只是外遇關係，沒有其他感情糾葛，玩玩而已，隨時可以把他拋棄。確實，你們的關係中，一開始應該是你較為強勢，畢竟約見面的時間跟地點都是由你決定的，新美旅館的吳小姐在旅館工作二十多年，從她剛開始工作，就看著你帶過不同男人去幽會，而你太太除了這次之外，先前也曾經跟蹤你去過一次旅館，發現你的某次外遇……也就是，後來她寫求愛信的那一位對嗎？」

「你們沒有證據……什麼吳小姐，我根本不知道你說誰……」王平安的臉色從蒼白慢慢漲紅，呼吸粗重了幾分，語氣卻完全沒有了先前的篤定跟游刃有餘。

何思也不理會他的辯解，只要他還控制不住自己的嘴，破綻就會越多。

「怎麼會？我們有你付款以及與吳小姐說話的錄影，雖然你包裹住自己的臉，但你知道『步態分析』嗎？簡單說，每個人的步態都是獨一無二的，就算是受過訓練的軍人，也會因為骨骼肌肉的差異，步態就會不一樣。因此，透過步態分析，我們就能比對出畫面裡的男人，是不是你。」何思說著，配合著用投影放了一段監控畫面。

那是個小旅館的櫃檯，裝潢很有年代感，儘管打掃得很乾淨，但看得出來所有的擺設都起碼二三十年了。監控畫面有些灰暗，一共有兩個鏡頭，一個是從櫃檯往外的，會拍攝到櫃檯人員、收銀機以及站在櫃檯前的客人；另一個則是從側面拍攝全景，包含了入口到櫃檯這一段距離。

新美雖然是個小旅館，在安全這一塊卻做得很用心，他們的監視器才剛換過，影像畫面會留存半年，畫面雖然偏暗，畫質卻是很高的，起碼蘇小雅就從畫面上看到付錢的男人，儘管把自己的臉擋住了，伸出的左手上卻有著與王平安一模一樣的傷疤。

付完錢後，男人離開旅館的過程也都被監視錄影器記錄下來，這段步態被擷取下來，何思刻意放大了圖像而不是用照片的方式，暗綠色的輔助線在男人身上比對了一陣子，最後另一張動態圖跳出來，是王平安在案件發生當天，被廣場的監控錄影拍下來的身影，同樣出現了暗綠色的輔助線，最後在兩張動態圖片上方，出現了鮮紅色的大字：重疊率98%。

儘管先前出現四〇五號房走廊的監視畫面照片時，王平安就動搖了，也確實承認了自己與卜東延的外遇關係，但從他的情緒判斷，他當時並不覺得自己被抓到了致命的把柄，畢竟照片還是太模糊，那架監視錄影機拍著是整個走廊，並沒有針對某個房間的客人進行拍攝，而四〇五號房恰好在一個比較隱密的位置，以前應該是完全不會被監控拍到，這也是為什麼王平安總選在四〇五與男人偷情。

那種模糊的照片，他只要不承認或者事後翻供，都有很大的操作空間。他自認偽裝的很完美，但世界上哪裡有完美這回事？夜路走多了，終究會遇見鬼的。

「我不都說了嗎？我承認我跟卜東延有外遇關係，但那也不能證明我殺害了他……」

「我只是想證明，在這段關係中，一開始你是強勢的，但後來就不見得了。我們詢問過吳小姐，她說卜東延是與你關係最持久的一個對象，先前與你偷情的男人最多兩三個月就會換人，唯有卜東延持續了兩年多。過去，你更在意隱藏自己的存在，付款訂房之類的事情，更多是由偷情對象負責，你一般就是偽裝好自己，在約定好的時間進四〇五號房，待上兩個小時後就先行離開。長年來，吳小姐跟你的交集其實並不是太多，直到這兩年。」何思又將卜東延的照片推到王平安面前，輕輕點了點。

「你很保護卜東延。我們查過所有的監視錄影器，卜東延出現在畫面中的次數比你少得多，他的偽裝也沒有你用心，畢竟一個穿著訂製西裝的男人，怎麼會去新美這樣的小旅館？」

王平安愣愣地看著卜東延隱隱帶笑的照片，他真的是個極為好看的男人。片刻後，王平安短促地笑了聲。

「那又能代表什麼？你不會以為我對男人有什麼真心吧？確實，幹男人是比幹女人爽多了，但我可不是同性戀，我最多就是個雙性戀，家裡那個老女人年輕時就長得不好看，要不是奶子大屁股翹，我能答應娶她？現在全身肉都鬆了，每次跟她上床都讓我想吐，我找男人上床已經很對得起她了，畢竟男人安全又沒有後顧之憂，省得萬一有些玩不起的女人搞個偷偷懷孕什麼的意外，我還得麻煩。」王平安把照片推回給何思，笑容猙獰。「簡直可笑，竟然會以為我由愛生恨嗎？警官先生，你看起來也是個斯文人讀書人，平常少看些垃圾愛情故事，別白白浪費了你這張漂亮的臉蛋。」

「王先生，你到底愛或者不愛卜東延，這都不是我們需要知道的事情。但你不能否認你有傷害他的明確動機。首先，你在他身上用了很多心思，包含那道巧達濃湯都是。你知道他無法吃乳製品，卻願意研究出一款不用乳製品的巧達濃湯，甚至訂了一個不合理的偏低價格，我們可以猜測你是用來討好死者的吧？其次，你過去的外遇應該都是由你單方面結束的，我們嚮導沒有別的優點，就是很擅長觀察人性，你性格強勢自傲，有強烈的控制慾……嘖嘖，比如現在的你，就對我展現了很強烈的攻擊性，你希望命令我閉嘴，希望把這場訊問主權掌握在自己手中，連面對執法人員你的心理活動都如此強勢，在日常生活上你的控制慾只會更強。」

何思此時向後靠在椅背上，姿態悠閒地交疊雙腿，雙手成塔狀抵在自己下顎上，兩手食指緩緩地互相碰了幾下，緊緊盯著王平安繼續道：「無論你對卜東延抱持怎麼樣的感情，但當知道他有了另外的曖昧對象後，你一定很生氣，因為卜東延傷害了你的自尊。也許，還傷害了你以為自己有的，對他的，愛意？」說到最後兩個字，何思低聲笑了。

王平安神態扭曲，惡狠狠看著眼前挑釁自己的人，他張嘴似乎想反駁什麼，最終卻沒有發出聲音，又閉上了嘴。

「王先生，我強烈建議你與警方合作，從我們手上掌握到的證據來看，你即使不是殺人主犯，卻也某種意義上的從犯。你是不是明知道卜東延被人下毒，但還是刻意送他維生素Ｅ膠囊加快藥性發作的進程？」

蘇小雅恍然有種自己看到一個巨大的鎖扣，喀一下扣住王平安的幻影。眼前這個一開始怯懦，後來強勢冷酷，到現在猶如困獸的男子，知道無論他承認或不承認，所有的證據已經足夠送他上法庭，接受應有的審判了。

但是，他們現在能證明的只有，王平安發現了卜東延被人下藥後，無論基於什麼理由，刻意加速了藥性發作的進程，也就是說，他確實是讓卜東延早死了一些，但終究是建立在原本有人下毒的前提下。

卜東延的死王平安固然要負責，卻不是責任最重的那一個。

那麼，現在還有誰需要負責呢？

蘇小雅實在不想把目光放到秦夏笙身上，但現在已經由不得他想或不想了。

秦夏笙有強烈的動機，也有執行的可能性，庭院裡的香豆樹，廚房水槽裡沒散盡的咖啡豆、肉桂、香草等等的氣味，現在鑑識科應該早就把卜家的廚餘垃圾都挖乾淨帶走分析了吧？

那頭，王平安已經承受不住何思的訊問，開始了自白，但蘇小雅已經無心關注這個男人，他有些茫然地看向雙面鏡，那一頭是馮艾保，不知道哨兵現在是用什麼表情及心情看著自己呢？

第六章　我不能原諒的是他鄙視我的成就

鑑識科果然已經將從卜宅帶回來的廚餘垃圾等等分析完畢，廚餘中驗出了零陵香豆、甜苜蓿、咖啡之類的殘渣。

其中甜苜蓿曾在動物疾病研究方面被發現過，當牛羊吃了大量發霉的甜苜蓿後，便會出現自體出血的症狀，最終導致死亡。

而零陵香豆就如先前馮艾保所說的，本身就有高含量的香豆素，少量吃無妨，因此經常出現在甜點裡作為香草的替代品，很多人比起香草，更愛零陵香豆獨特的混合式風味，但成人一天吃超過四分之一顆零陵香豆就有中毒危險，因此在某些國家禁止將其使用在食品上。

秦夏笙應該是將這兩樣東西混入了咖啡中，長期沖泡給卜東延喝，甚至為了求穩妥，她不只放單一有毒物質，而是將兩種有類似毒素的食品混合進咖啡中，增加中毒的機率。

既然已經拿到確實的證據，一行人立刻前往卜宅逮捕秦夏笙，儘管已經派人盯梢，但也生怕一不小心把人給放跑了。

然而出乎眾人意料之外，秦夏笙沒有逃跑的意圖，幾人到達卜宅的時候，她依然是一派優雅的打扮，黑色的連身裙，裙襬及膝，即便天氣很熱，她也仍穿著絲襪，套著三公分高的低跟鞋，拿著澆花器正在給盛開的百子蓮澆水。

車子在庭院前停下時，秦夏笙微微抬頭瞥去一眼，剛好與下車的馮艾保等人四目相接。

「午安。」秦夏笙停下澆水的動作，對幾人露出淺笑。「幾位找我有什麼事嗎？」

今天的天氣非常好，即便已經接近傍晚，日光依然非常強烈，像金箔般覆蓋在大地上。

蘇小雅不認得秦夏笙正在澆的是什麼花，只隱約感覺見過，在秦夏笙的照料下，開得極為繁茂嬌豔，一簇簇群生的花朵是藍色的，帶著水滴更顯色彩鮮豔。

「蘇先生知道這是什麼花嗎？」他的視線被秦夏笙注意到了，很體貼地開口詢問。

「啊……不太清楚，我對植物的認識不太多……」蘇小雅沒料到她會跟自己搭話，瞬間有些不知所措。

滿打滿算，這才是他第二次參與逮捕行動，前一次的對象是安德魯・桑格斯，那時候他心裡只有惡人應該被逮捕的正義凜然，沒有任何其他的糾結或掙扎。

這次卻完全不同。

眼前的人不是窮凶極惡的犯人，而是個溫婉的母親、悲傷的未亡人，她神情裡隱藏著哀愁，卻又挺直了背脊宛如在風中飄零卻又無法被摧折的花朵，她也許暫時零落，但總有一天會再次盛放。

這樣的一位女性，誰都無法將她與殺人凶手連結在一起。

「這是百子蓮，現在正值花期，也有人叫它愛情花。」秦夏笙語調輕柔地介紹著：「一般百子蓮都是用分株繁殖法，但我這些花當初選擇了播種法，所以照顧了四年左右才開花。我還記得，那一年我懷了小兒子，時隔多年又意外得到一個孩子，我是真的很開心。」

當回憶過往時，蘇小雅真真切切感受到秦夏笙情緒裡的愉快與溫暖，她是真心期待自己的孩子誕生，但在愉快過後，仔細分辨的話，卻可以察覺到一絲淺淡的落寞與悵然。

「你們是來逮捕我的吧？」秦夏笙不再顧左右而言他，爽快地直指重點。「我前幾天就發現了，有不同人在監視我的生活，他們的動作都很隱密，但我畢竟還是發現了。」

一陣夾帶熱氣的風猛地吹拂過，幾個人的頭髮都被吹得翻飛，秦夏笙剛剪短不久的頭髮也被吹亂了，她伸手輕輕地壓著髮絲，目光坦然地看著幾個人。

「為什麼妳會發現……」蘇小雅茫然不解地詢問。照理說，刑警幾乎都是哨兵跟嚮導，經過訓練後，普通人根本不可能察覺自己被監視了，除非……

「妳難道，是沒有登記的嚮導？」他輕輕抽了口氣。

偶爾會有這種情況出現，嚮導不比哨兵，原本就能混在普通人之中生活，若有心要隱藏自己的能力，完全可以假扮成普通人度過一生的。

這也就足以解釋，為什麼蘇小雅對秦夏笙的共情特別強烈，不僅僅是因為秦夏笙表現出來的堅強與悲傷，更多的應該是她刻意將自己的情緒輻射給蘇小雅等人，讓他們同情自己的處境，降低對她的懷疑。

事實上，除了馮艾保堅定不移地懷疑秦夏笙，無論蘇小雅或何思，或多或少都被影響到了。

秦夏笙沒回答自己是不是未登記的嚮導，她淡淡一笑。「可以不要上手銬嗎？這個家以後還要讓孩子們生活，我父母答應會替我照顧花園，要是被鄰居看到了，會有閒言碎語的。」

「當然，既然您願意配合，這點小事又有何妨？」馮艾保一口答應下來，對秦夏笙比了個請的手勢。「秦女士，請。」說著，拉開了車門。

秦夏笙點點頭，在踏出腳步前回頭看了一眼自家的院子，還有那深藏在蔥鬱樹影花叢間的房子。午後燦燦的陽光下，白牆棕瓦的屋子典雅又帶點現代感，組合起來就像是故事裡描繪的，令人嚮往的美好生活縮影。

一眼過後，秦夏笙不再留戀，腳步堅定地走向敞開的車門，姿態優雅地坐入車中。

逮捕行動順利得不可思議，從出發到帶回秦夏笙，總共才花了一個多小時，明明犯人配合度如此高，證據也都齊備了，卻莫名令人不知道該從何訊問起來才好。

馮艾保是哨兵，依照規定本來就不能進審訊室，何思看起來有點意興闌珊，癱坐在監控室的小沙發上。

「比想像中要棘手。」何思搓了搓臉頰，神態疲憊。「沒想到會遇上未登記的嚮導……」

「她等級不低。」馮艾保適時補充道。這才是讓他們棘手的地方。

如果是個低階嚮導，那何思完全可以控制住對方，該幹嘛幹嘛，完全無須擔心對方能翻出自己的手掌心。

但遇上高階嚮導就不一樣了。

通常這種狀況要動用特殊審問室，完全封鎖住嚮導的能力，才能開始進行審訊。只是這也並非完全可靠，還得由兩個至少與犯人同等級的嚮導共同審訊，其中一人監視，一人負責問訊，才能確保程序符合法規，而不至於出現口供或自白真實性不足的問題。

他們剛才緊急替秦夏笙檢測等級，目前還在等檢測報告出來。但從先前數次交手都沒發現秦夏笙是嚮導這個事實推測，她的等級起碼跟何思是不相上下的，否則不可能隱藏得如此完美之餘，還有餘力輻射自己的情感影響他們。

可S級的嚮導並非隨處可見的，整個中央警署中也不過區區八個，偏偏除了何思之外，其他人都各自有任務在身，現在沒有精力抽出身來幫忙。

「我！我也是S級的嚮導！我可以！」蘇小雅畢竟年輕，很快從被秦夏笙影響判斷的打擊中恢復過來，一如既往地積極舉手要求參與審訊工作。

「太危險了……」

「也不是不行。」

何思與馮艾保同時開口，年長的嚮導惡狠狠地瞪了眼哨兵，用眼神命令他最好顧慮一下自己的腦子，不想變白癡就閉嘴。

哨兵挑了下漂亮的眉，對一臉渴望的小嚮導聳聳肩，表達出：「不是我不幫你，是你的家長太凶了，自己努力吧！」的意思。

蘇小雅高高舉著手，一臉嚴肅地看著何思。「阿思哥哥，我已經決定要簽入職申請書了，未來我一定也會遇到今天類似的狀況，現在有你幫著我，多讓我嘗試一下不好嗎？」

也不知道這話術到底是跟誰學的，竟把何思說得啞口無言，只能氣憤地看著眼前統一陣線的兩人，咬著牙不肯輕易答應。

「阿思哥哥，我很想知道為什麼秦夏笙要用這麼殘酷的方式殺害自己的丈夫。」蘇小雅直視著不肯理會自己的何思，站得端端正正，認真地說服道：「即使她將過多的情緒輻射給我，確實影響了我的判斷，但我還是可以肯定，她的情緒裡沒有明顯的殺意，她對丈夫的死亡也是悲傷多於痛快，怎麼樣都不像是出手做了這件事的人。」

「但她確實做了。」何思低著頭，粗聲粗氣地反駁。

「對，她確實做了，所以我才好奇……為什麼明明是她導致卜東延的死亡，卻那麼悲傷？即使在我們發現她是嚮導後，她的悲傷也沒有因此消失，甚至還多了一些釋然跟惆悵。你不覺得很奇怪嗎？」

蘇小雅不是個會耽溺錯誤的人，他總是很坦然面對自己的錯誤，接著去反省檢討，逼著自己去學習累積，將這些挫折都化作經驗，成為自己未來人生道路上的基石。

因此，第一時間他察覺自己被秦夏笙影響過後，確實震驚羞愧了好一陣子，大概就是從卜宅回到警局這段路程吧！之後他就開始重新探查秦夏笙的情緒，從中挖掘讓他百思不解的矛盾之處。

「也許她的情緒都是假的。」何思終於看向蘇小雅，神態難得嚴厲。「你自己也是嚮導，你應該很清楚，也有能力可以假造情緒。這對嚮導來說，特別是高階嚮導，完全不是件難事，你怎麼能肯定自己探查到的情緒是真實的？而不是你又一次的一廂情願？」

「可是……秦夏笙既然願意配合到案，應該也不需要再繼續假造情緒了……」蘇小雅努力反駁：「我們都知道她是嚮導了，也有證據證明她對卜東延下毒，現在繼續假造情緒又有什麼意義呢？」

「引起你的好奇心不算有意義嗎？」何思冷笑，一句話問得蘇小雅愣住。

「事到如今，你已經知道她用殘酷的方式意圖殺害卜東延，你還記得在汪法醫那裡，你說過什麼嗎？你說，這個人就在一旁看著卜東延衰弱下去，沒有停手。」

蘇小雅也想起自己當初說的話，特別是在看到汪法醫後來補充的驗屍報告後，自己毛骨悚然地打了幾個冷顫。

他不由得透過雙面鏡看向審訊室裡的秦夏笙，這是間特殊審訊室，比普通的審訊室多了一種冷然的壓迫感，秦夏笙一身未亡人的裝扮，典雅、精緻、哀傷、美麗……她甚至把先前被吹亂的髮絲又打理好了。

「你告訴我，當你說你想知道秦夏笙為什麼要殺害卜東延的時候，你心裡真正的想法是什麼？難道不是，你希望她是另有苦衷嗎？」面對何思的咄咄逼問，蘇小雅節節敗退。

他躊躇地收回了高舉的手，神情有羞恥也有茫然，無措地看著對自己不假辭色的何思，卻無法回答他的問題。

「你對她的共情太深了，我不能讓你一起進審訊室。小雅，確實如你所說的，將來若走這一行，有可能會遇上類似的情況，甚至會遇上更嚴峻的情況，終究需要靠你自己去克服。如果，現在有我護航，你可以少吃點苦頭，多一些經驗不假，但你捫心自問，你真正想要學習到的是這些事情嗎？還是你只是想證明自己的猜測？你心裡是不是根本還不願意相信秦夏笙的殘酷？那你進去，是幫我還是扯我後腿？」何思的話語一句一句嚴厲沉重，宛如千斤巨石般砸在蘇小雅身上，將他的精神力打擊得委靡不振。

「我不管你現在有沒有勇氣直面自己的情緒，但我不能冒險。不管秦夏笙到底是不是真的悲傷痛苦，你都不要忘記了，她確確實實給自己的丈夫下毒，有再多的理由，都掩飾不了她的殘酷。」

最後這段話可以說是壓倒駱駝的最後一根稻草，蘇小雅整個人像洩氣的皮球，羞恥得無地自容，下意識地朝馮艾保看去。

哨兵就站在一旁，笑吟吟地看著兩個嚮導溝通，在接收到蘇小雅的目光後，表情依然分毫未變，也沒有要開口緩頰的意思。

但，下一秒，蘇小雅感覺到自己掌心一沉，一個熱呼呼毛茸茸的小東西落在掌心裡，用力地磨蹭了幾下。

他連忙握住了熟悉的重量，心裡的難過與羞恥，似乎稍微，真的就是稍微，好了那麼一點。

☼☼☼

幾個小時後，秦夏笙的檢測報告出來了，果然是個S級的嚮導，與何思猜測的一樣。

這下只能從其他部門借人，或者再次詢問警局裡的S級嚮導是否有人願意幫忙了。原本最快最方便的對象，就是重案組的組長，但真的非常不湊巧，組長前兩天因公出差，最快也要明天才能夠回來。

何思與馮艾保商量了一陣子，決定先把秦夏笙移往拘留室，然後聯絡組長看他能不能趕得回來，等明天再來進行審訊。

幸運的是，重案組組長那邊的公事提早完成，他答應連夜趕回來，總算讓何思鬆了一口氣。

也直到這時候，他才終於有心情關心蘇小雅的狀況，他心裡難免有些過意不去，覺得自己對小響導太嚴厲了，可案件不是兒戲，蘇小雅因為前一次面對安德魯的時候立下大功，確實下意識把辦案想得太簡單了。

何思躊躇著要不要去安慰蘇小雅幾句，卻被馮艾保看出來，被制止了。

「我建議你不要去示好。」馮艾保拉著何思進吸菸室，點上了菸吸了兩口，才慢吞吞建議到。

「為什麼？」何思心裡也有點煩，但他不想抽菸，乾脆跟馮艾保討了一根棒棒糖含著。

「你才剛嚴厲教育了他，轉頭又去安撫他，反而顯得你立場不堅定，對他心軟，是他可以肆意依賴的人。再幾天你就要離職了，小眉頭如果真如自己所說決定簽入職申請，依照現在缺人的狀態來說，他應該會頂替你空下的職位，成為我的搭檔。將來，他還可能會再跟你聊案子的狀況，你覺得適合嗎？」

何思咬著棒棒糖，略顯狼狽地躲開馮艾保灼灼的眼神，不得不承認他說的是正確的。

「這次對他來說，是個很好的震撼教育。畢竟，我們遇上的很多犯人，都有各種不同的苦衷，像安德魯・桑格斯那樣的人，反倒是相對少數的。如果小眉頭不能學會穩定住自己的立場，那未來他還要多跌幾次大跤，你捨得？」

當然不捨得！

何思鬱悶地啃著棒棒糖恨不得將之咬碎，他的牙齒沒有哨兵強健有力，幾次咬下來沒咬掉幾塊糖皮，還搞得自己下巴痠麻，心情更鬱悶了。

「我是不是對他太嚴厲了？」何思從吸菸室的窗子往外看，蘇小雅手裡捧著馮艾保的老鼠，乖乖地坐在走廊的長椅上發呆，看起來不像實習生，而像個迷路等著父母認領的小朋友。

「小孩子總是要長大的，他被你罵總好過被組長罵。」馮艾保儘管出了一隻老鼠安撫人，但在整件事情上的立場卻站得很穩，明確表達出對何思的支持，有點扮黑臉白臉的感覺。

想起組長，何思瞬間釋懷了。

道理確實是這個道理，他很清楚蘇小雅是個會記起教訓的好孩子，未來面對犯人一定會更加謹慎小心，站穩自己的立場，而不會被情緒輕易牽著走。這樣他的嚴厲訓斥也算沒白費了。

「我等等送你們回去休息，明天會是場硬仗。」馮艾保吸完最後一口菸，把菸屁股捻熄在菸灰缸中。「我不像你們能探查到秦夏笙的情緒，不知道她現在配合度到底高不高，但我知道她是個內心剛強堅毅的人，心防非常難突破。即使現在證據鏈都完善了，送她上法庭也足夠了，但不能摸清楚她的動機，將來是個隱患。」

「難道不是因為外遇嗎？」何思皺著眉不解。

「我倒不這這麼認為……」馮艾保搖搖頭，嘆了一口氣。「算了，今天怎麼猜測都沒有意義，一切等明天組長回來了，自然可以問清楚。」

何思沒有異議，確實如馮艾保所說，事實真相如何，還得依靠嫌犯的口供才能完善。

當晚幾人分別回家休息了，第二天早上九點多，重案組組長就打來電話，說他人已經到警局了。

很快，何思、馮艾保還有一個蘇小雅，都在重案組辦公室內集合，馮艾保還不忘買來咖啡，連組長的都沒落下。

重案組組長是個中年男人，有種不怒自威的氣質，個子不算特別高大，但站在馮艾保身邊，卻絲毫沒有落下風的感覺，甚至可以說氣勢上還壓了哨兵一頭。

他看了眼端著兩杯咖啡的實習生蘇小雅，冷淡的點點頭。「你決定要簽入職了嗎？」

「呃……對，是有這個打算……」蘇小雅莫名心虛起來，語尾漂浮。

「我們組很需要你，馮艾保不能沒有搭檔。你跟他測過契合度了嗎？」

「呃……先前他提過，但我那時候沒有答應。如果有需要，我會跟他去測測看。」蘇小雅站得筆直，握著咖啡的掌心裡都是汗，他實習到今天為止，遇上的人都對他很親切溫和，還是第一次感受到職場嚴肅的一面。

「嗯，馮艾保你記得該幹什麼就幹什麼，不要敷衍了事。」組長點點頭，凌厲的目光轉向馮艾保，語氣又更冷硬了些。

「放心放心。」馮艾保還是嘻皮笑臉的，對組長揚了揚手中的焦糖瑪奇朵，接著吸吸簌簌地啜了口。

岳景楨，也就是重案組組長瞪了態度閒散的馮艾保一眼，但沒再多斥責什麼，轉頭看向何思。「等會兒進去，我就是輔助你控制、監視嫌疑人的角色，問訊過程中我不會插手。這是你最後一個案子了，好好表現。」

「知道了，謝謝組長。」

一切準備就緒，秦夏笙也被帶進特殊審訊室中，何思抓緊時間與馮艾保又討論了幾個案件細節後，抓起資料夾深呼吸了兩口，精神力觸手緊張但又躍躍欲試地伸展了下，發出劈啪的破空聲。

「進去了！」準備就緒，何思推開門走入審訊室。

「何警官，您早啊。」秦夏笙已經換了一身衣服，不再是昨天那套連身裙，據說是昨晚家屬送來的換洗衣物，簡單的T恤牛仔褲，短髮整理得很清爽，還吹出了點造型，整個人彷彿年輕了十幾歲，氣色好得像個剛大學畢業的年輕人。

她臉上帶笑著打招呼，彷彿對自己的處境半點不放在心上。

「早安。」何思也只能姑且這麼回應，畢竟伸手不打笑臉人，但不得不說他的節奏稍稍被秦夏笙打亂了下，所幸他也是個經驗豐富的刑警了，很快就把情緒心態調整過來。「昨晚休息得好嗎？」

「托福。」秦夏笙點點頭，她朝岳景楨看了眼，關於審訊的規定之前有人專門跟她解釋過了，所以並不意外會看到另外一個嚮導共同審訊。「這位是？」

「我不重要。」岳景楨拉了把椅子在門邊坐下，翹起腿環抱雙臂，儼然一副門神的模樣。

既然他的態度如此，秦夏笙也就不自討沒趣了，再次把注意力放回何思身上。

「我們該怎麼開始？」她率先開口。

「不如談談，妳為什麼要對卜東延下毒吧？」何思抽出了甜苜蓿及零陵香豆的檢測報告，推到桌子中央。「我們目前已經確定，妳把發霉的甜苜蓿曬乾後，與零陵香豆一起磨成粉，混入咖啡中沖泡給卜東延喝，他應該每天都有喝咖啡的習慣吧？」

「對，他有。」秦夏笙沒有多拉扯些有的沒有的閒話，很坦然道：「我是在前年十月份開始在他的咖啡裡放甜菖蓿跟零陵香豆的。東延很晚才學會喝咖啡，他也一直不喜歡咖啡的苦澀味，後來我試著加入肉桂、香草等等調味，才讓他喜歡上喝咖啡的。」

「他既然不喜歡咖啡，又為什麼要喝咖啡？」

「大概是因為，咖啡代表了精英白領及上流階層的飲品吧，彷彿每天至少要喝一杯叫得出名字的咖啡，才能證明他真的擠身進入了那個階層。」秦夏笙苦笑著回答。「你們應該都查過我跟他的出生背景了吧？東延，是苦學出身的，他家境不是特別好，直到上了國中，他父親因為買彩券中了大獎，家境才得以改善，所以他後來一直想成為更頂尖的那群人。」

「他的生平不是我們需要知道的重點。」何思冷淡地打斷秦夏笙的回憶。「妳是因為發現卜東延外遇，所以才決定要殺害他嗎？」

這個問題可以說非常直接了，秦夏笙愣地看著何思，一時竟不知道如何回答一般。

何思也不急，靜靜等著她。

也許過了三四分鐘，也可能過了更久，秦夏笙緩緩地嘆了一口氣，毫不閃避地直視何思的雙眼。「我早就知道他有外遇了。不是一年多前才發現的，他剛開始跟人外遇，大概是上了第三次床的時候吧，我就知道了。男人是不是都這樣？覺得自己隱藏祕密的能力很出眾，可以藏得滴水不漏？還是，你們認為，女人並不值得小心對待？」

何思勉強隱藏住自己的訝異，皺著眉回視秦夏笙。「妳是動用了嚮導的能力發現的嗎？」

面對這個問題，秦夏笙大笑起來，她還是第一次在眾人面前這麼不顧及形象地大笑，笑得雙肩顫抖，只到耳下的髮尾俏皮地晃動，眼淚都笑出來了。

「不不不，何警官你真是太看不起我們女人了，我要發現丈夫的外遇，根本不需要使用嚮導的能力……何警官，你結婚了嗎？」

「這與案情無關，無可奉告。」何思冷淡地回答。

「你應該是結婚了。」秦夏笙小心翼翼地用指腹點去眼角笑出的淚花，語氣篤定。「你應該是已婚身分，那正好，我想請問你，你會在加班完後，洗完澡才回家嗎？或者說，就算會先梳洗，那會穿回髒衣服嗎？」

何思原本想回答會，警察這行跟一般職業不一樣，手上有案子的時候經常需要通宵達旦，在警局裡別說梳洗了，留宿也是常有的事情，偶爾搶不到值班室的床位，也會將就在辦公室裡打地鋪。

但那都是婚前的狀況，婚後，他盡量找時間回家，就是為了與蘇經綸相處，也因為回家洗澡更舒服。當然無論如何，是不可能再穿回髒衣物的。

看見他表情的變化，秦夏笙感嘆道：「是啊，誰都不會梳洗過後再穿上髒衣服吧？更何況，東延的工作經常需要加班，他有時候會帶著一身沐浴後的香味回家，有時候卻不會，我怎麼可能什麼都察覺不到呢？」

「既然妳發現他外遇了，為什麼直到前年十月才開始下毒？」

卜東延與王平安的外遇關係持續了兩年多，若真如秦夏笙所言，是在他們第三次上床的時候就察覺這件事，為何還要先忍耐一年？難道是希望卜東延浪子回頭，改過自新？

面對這個問題，秦夏笙又怔怔了片刻，最後露出一抹自嘲的淺笑：「我人生最後悔的一件事，大概就是……沒忍住，使用了嚮導的能力吧……」

見何思要開口在問什麼，秦夏笙搶先道：「何警官，你跟馮警官一樣都是經驗豐富的刑警對吧？我想請問你，什麼樣的人，會殺人呢？」

這個問題，是秦夏笙第二次問出口了。

☼☼☼

二十年前，秦夏笙從國內最好的高中畢業後，考上了最好的大學裡的法律系，她從小就想成為人權律師，也許現在看來，那時候的理想有些幼稚，但她是真的希望能善用所學，去幫助需要幫助的人。

她的家境很好，父母都是高知識分子，收入頗豐厚，她又是家裡獨生女，從小到大沒有為生活煩惱過一天，大概也是因為這樣，才養成了她單純到有些莽撞，總是習慣用最好的一面看待人事物。

這種性格並沒有什麼不好，也許未來她會知道社會上的險惡，但她的人生注定不會遇到太多的挫折，稍作調整後依然可以繼續自己的單純與善良。

只要她沒有遇上卜東延。

他們是在新生報到處意外遇上的，卜東延跑錯了地方，他是會計系榜首，穿著簡單的白襯衫，一條洗得泛白的牛仔褲，衣襬規規矩矩紮進腰帶裡，腰部的線條緊實俐落又非常細，搭配上修長的身形與一雙長腿，先不說臉長得怎麼樣，光這樣的體格就足以令情竇初開的少年少女臉紅心跳，控制不住地偷偷觀察他了。

秦夏笙剛好也在報到處，她也注意到了卜東延，本以為是未來的同學所以搭訕了兩句話，只是單純抱持著欣賞美男子的心態，並沒有其餘的想法，後來他們卻因為這幾句話越來越投機，才剛入學就交上了朋友。

「很多年後我回想這一幕，總算是明白了。東延，他是故意的。」秦夏笙即使一身休閒服裝，儀態依然完美，雙手搭在膝蓋上，腳踝交叉斜倚著，彷彿在述說別人的故事。「他應該是打算跑幾個不同的系所，挑選未來可以交往的對象，他一直是個做事非常有野心跟方法的人，設定好的目標他會用盡一切努力去達成。」

何思靜靜聽著，沒有開口打斷秦夏笙。

「我們一開始只是朋友，我有很多朋友，異性的同性的，從小到大我的人緣就很好，我也喜歡交朋友。但是，東延特別不一樣，跟他相處的時候會特別舒服，他很體貼，總會不動聲色地關心你，製造一些小驚喜，並且從來不會與你發生任何爭執，你總是能在他身上獲得最熱切的反應，怎麼說呢……」秦夏笙輕輕嘆息了聲。「我察覺的時候，發現自己喜歡上他了。」

既然喜歡了，秦夏笙也沒有遮掩，她是個做事爽快的女孩，立刻安排了機會跟卜東延告白，無論對方接不接受，起碼要得到一個明確的結果。

卜東延沒有第一時間接受，他一臉訝異，似乎完全沒料到會被秦夏笙告白。但他也沒有拒絕，只說自己需要一點時間思考，並且希望他們之間的情誼不要因為這件事受到影響。

秦夏笙覺得卜東延真是個誠懇又可愛的人，更是喜歡他喜歡得無法自拔。後來他們也並沒有真的交往，頂多算是曖昧吧！整個大學時代，他們各自有別的追求者，但從來沒跟別人發展出情侶關係，卻在對方身邊，在無人知道的狀況下，像情侶一般相處。

「後來我懷孕了。畢業前夕，我正在準備司法特考，也打算要繼續讀研究所的時候，我發現自己懷孕了。」說到此處，秦夏笙沉默了許久。

因為特殊審訊室的關係，何思自己的能力也被限制了，他無法探知秦夏笙現在是什麼情緒，但從表情來判斷，她彷彿陷入了某個意義重大的回憶中，整個人消沉不少。

可即使如此，秦夏笙的背脊依然挺得很直，似乎唯有這樣，她才有喘氣的空間，不至於被不管是懊悔、痛苦、喜悅或其他什麼情緒給擊沉。

許久，秦夏笙發出一聲短促的輕笑，第一次把背脊靠上椅背，端正的姿勢潰散了。

「東延知道我懷孕的消息後非常開心，我那時候以為他是因為愛我，所以才會為我們的孩子而喜悅。所以，原本我打算要打掉孩子的，但在他的勸說以及求婚下，我決定生下孩子。」秦夏笙深深地從肺部深處吐出一口悠長的氣息，她伸手擋住了下半張臉，導致何思很難判斷她是笑了，還是……哭了？

「我那時候很天真，心想耽誤一年生孩子也不影響我未來的人生規劃，我父母是非常反對的，但見我堅持，最後還是妥協了，並要我安心，小孩出生後他們會替我帶孩子，要我不要為此停下自己的腳步。我真的很感謝他們……我這一生要說對不起誰，大概就是我爸媽了吧。」

然而，父母的承諾最後沒有兌現，並不是秦家父母臨時改變主意，而是秦夏笙這邊拒絕了父母的好意。她與卜東延結婚後，接受了男方的說法，認為自己學歷高，有能力自己帶孩子，何必要麻煩長輩呢？再說了，孩子年紀小，正是需要母親的時候，她如何忍心剝奪孩子的權利？

『妳放心，這幾年我會好好讀書好好努力，妳先支持我站穩腳步，等我研究所畢業，在職場站穩腳跟後，就換我回頭支持妳。用不著很久的，給我五年就好，也剛好五年後孩子要開始上學了，我們再讓岳父岳母幫我們。』

這是卜東延當初握著剛生產完，神色憔悴卻在看到自己孩子後臉色一亮的秦夏笙的手，給出的承諾。

孩子就在身旁，丈夫的承諾又這麼懇切，秦夏笙想，婚姻生活總要有一些妥協跟犧牲，她有自己的家庭了，也該脫離父母的羽翼沒錯。

而且，不過才五年時間，她還這麼年輕，完全等得起的。

「我從沒想過，原來犧牲是一個這麼殘酷的詞彙。」秦夏笙淡淡的，甚至可以說過度冷淡地評論自己當時的決定。

人生不只一個五年，如果妳能活到一百二十歲，那就有二十四個五年。秦下笙與卜東延的婚姻，則度過了三個五年加一年。

第一個五年即將結束時，卜東延如自己所承諾的，從研究所以高分畢業，在學期間就被金穗會計師事務所看上並延攬了，從實習生開始做起。這時候的卜東延工作時間長，內容繁雜，收入卻不成比例，秦夏笙除了照顧孩子之外，還得去打工貼補家用。

卜東延是個自尊很高的人，他不願意妻子從娘家獲得幫助，秦夏笙自然也顧慮著丈夫的尊嚴，一開始還真的都婉拒父母的幫助，直到後來她懷上第二個孩子後，才不得不偷偷接受父母的資助。

是的，第二個五年的開頭，秦夏笙懷上第二個孩子，讓原本經濟狀況就不穩定的家庭，更雪上加霜。她想重拾課本，無論是考研究所或者司法考試，都是不可能的了。

為了支持丈夫，她懷著孕也仍忙碌在家務、孩子與打工的職場之間，那時候的她腦子哪還有什麼法條判例？她腦子裡想的只有打工的超市，是個賣火腿的專櫃，經常可以把烤給客人試吃但剩下的香腸火腿帶回家，也可以從超市拿到一些準備要淘汰的過期便當小菜。

原本應該可以節省她做飯的時間的，然而並沒有。這些食物都是她自己吃，每天依然費盡心思準備給小孩跟丈夫吃的食物。

「我其實並不覺得那段日子難過。」見何思露出了同情的表情，秦夏笙笑了。「我曾經看過一句話，叫做『有情飲水飽』，意思是說，只要有足夠的感情為基礎，再困苦的生活也令人甘之如飴。」

於是第二個五年，在困苦中也依然開開心心地度過了，這個時候，秦夏笙已經忘記自己曾經的夢想，她甚至都不記得卜東延曾經給自己的承諾。她把家庭照顧得很好，而卜東延也終於在職場上站穩了腳跟。

他們在第三個五年開始時，買下了現在那棟大房子。

宛如所有童話故事中所說的，代表的幸福人生縮影般的，有著寬敞庭院，周邊鄰居都是白領菁英階層的大房子。

『妳以後不用再出去工作了，在家裡照顧孩子，幫我在事業上更進一步。我需要妳，沒有妳我是無法達到今天的成就的。』卜東延握著秦夏笙的手，兩人並肩站在還很陽春空曠的庭院裡，看著即將入住的屋子，真誠地感謝妻子這些年的付出。

秦夏笙回握丈夫的手，溫暖、乾燥、寬大的手掌，他們也許要一輩子這樣牽著手度過，似乎也不錯不是嗎？

但不知道為什麼，秦夏笙在這時候卻突然回想起當年卜東延給自己的承諾，她其實早就沒那種想法了，只是覺得有趣，突然想重提那五年之約，想看看丈夫會怎麼回應自己。

於是她開口問丈夫：『既然我們的生活都穩定下來了，你的工作現在也很穩定，孩子也都大了，我是不是可以回去讀研究所呢？你知道，我從以前就想當人權律師，我也許可以重拾課本，明後年就能繼續參加司法特考也說不定喔？』

卜東延緊握她的手猛地抽開，秦夏笙愕然看向丈夫，第一次在丈夫臉上看到這麼憤怒的表情。

『秦夏笙，妳太自私了。』

「他後來跟我冷戰了快一個月，不管我怎麼解釋示好都沒有用。何警官，我是不是真的太自私了？我們才剛買了房子，貸款是很沉重的壓力。東延在職場上還要繼續往上爬，他需要我的幫助，為他打通所謂的太太圈的人脈，孩子們也都還年幼……」秦夏笙自問自答著，即使過去這麼多年，發生了這麼多事情，她眼裡的茫然失措，依然存在。

「這是妳想殺卜東延的導火線嗎？」何思無法回答秦夏笙的問題，只能乾乾地隨意問道。

「不是，我那時候沒想過要對他怎麼樣，他是個好丈夫也是好爸爸，人不可能是完美的，婚姻不就是包容彼此的缺陷，兩人三腳地走完一輩子嗎？我是很願意把自己的能力用在幫助他的，這本來也是我擅長的事情，無論教養小孩或者跟太太圈社交，對我來說都不是件困難的事情，我能夠做得很好。」

事實也證明，秦夏笙何止「做得好」，她根本做到了完美的地步。

「冷戰一個月後，剛好碰上我們的結婚紀念日，東延的態度也軟了下來，帶我去慶祝。他告訴我，他這個月想了很多，發現自己不應該把我困在家庭中，我從學生時代就是個能力出眾的人，一定能做出一番事業的。所以，他支持我繼續讀書，將來成為律師，完成自己的夢想。我好高興……真的，非常非常地高興……我也都計畫好了，如何兼顧家庭與學業，一定可以繼續當東延的支柱。」

秦夏笙的陳述猛然停住，目光像看著何思，又像看向某個不知名的過去，片刻後她輕聲道：「兩個月後，我發現自己又懷孕了。」

三個五年，三個孩子，實在很難令人不多做聯想。

秦夏笙也許失落了一陣子，但很快還是振作起來，她還是喜歡孩子的，兩個孩子跟她的感情親密，多一個孩子也不會增加更多的負擔。即使她又無法重拾書本，但說起來，原本她也都放棄了。

「到目前為止，我都沒有生過東延的氣，我也願意繼續為他操持家務，為他拓展人脈，把孩子教養好，為他建造他心目中，上流社會家庭該有的模樣。我覺得，即使我沒有成律師，沒有在職場上建立自己的事業，但我其實是有屬於自己的事業的，只是這個事業叫做家庭。」

「所以，當妳發現卜東延背叛了家庭後，妳才會動手殺人嗎？因為妳的世界被他再一次破壞，他又一次背棄了承諾？」

「不，何警官，我已經說過了，東延的外遇並沒有引起我的殺意。確實，我很傷心，很挫折，我不懂他為什麼要跟男人在一起，甚至讓那個人在他身上留下那麼多痕跡，我知道東延不是上人的那一個，而是承受的那一個，畢竟後頸上的吻痕，腰跟大腿上的痕跡是怎麼製造出來的，我是個女人，我不會看不懂。」

「也許是，妳發現卜東延喜歡男人，他實際上是個同性戀，卻為了『理想的生活』利用了妳，把妳當成一個單純的生育工具，頂多就是再把妳當成一個成功男人身上的標籤。」何思的話可以說非常尖銳了，饒是岳景楨都不禁微微蹙了下眉。

但秦夏笙卻半點沒有動搖，她甚至露出一抹自嘲的淺笑。「你說的這些，我都想過。相信我，在自我質疑這件事情上，我不會輸給你的。我和東延有二十年的感情，就算他完全是利用我的，也不會對我毫無感情。我……確實在發現他的外遇後，偷偷用了嚮導的能力，因為我想知道他是否愛過我，就算不是愛情，他是否把我當成一個重要的家人？」

「結果令妳失望了？」

「沒有。你不也問我，為什麼忍了一年才終於開始下手嗎？因為我確定，東延對這個家是有感情的，就算不單獨對我個人，但他對孩子，對家庭都是有感情的，不管是利用或者真心愛著，我不想分辨得那麼仔細。」秦夏笙加快了語速，眼中似乎擒著一絲淚光。「我甚至想過，要不要去跟他坦白，說我已經發現他的外遇了。就算他其實是同性戀也無妨，就算他過去是利用我也無妨，我們的感情實實在在，相互扶持了這麼多年，就算是為了孩子好了，我也希望繼續跟他生活下去。他如果願意跟我坦承，我也很樂意繼續名存實亡的婚姻關係，畢竟我知道，他若想要出人頭地，穩定和樂的家庭關係，也是非常重要的。」何思愕然，他沒想到秦夏笙可以犧牲到這種程度。「既然妳都有這樣的覺悟了，為什麼會突然對他動手？」

「我一開始就說過了，我這輩子最後悔的，就是動用了嚮導的能力。這麼多年來，除了少女時期，我還在摸索自己的能力跟人生規劃的時候用過嚮導的能力，之後就再也沒有使用過了，直到我發現東延外遇。」秦夏笙微微縮起了肩膀，但很快又挺起了背脊。「一開始，我只是想知道他的情緒，就像我剛才說的一樣，我只是想確定他對這個家有沒有感情，對我有沒有感情。」

但嚮導的能力就像毒品一般，一但開始使用了，不知不覺就會依賴起來。畢竟能探知他人心聲跟情緒實在太有誘惑力了，尤其是普通人完全不設防，高階嚮導很輕易就能聽到他們六成左右的心聲。

「妳聽到了什麼？」何思已經了然。

秦夏笙是個未登記的嚮導，代表她沒有受過嚮導的系統訓練，也就無法精確地使用自己的能力。她能做的，不是完全封閉，就是完全開放，加上她是S級嚮導，隨著能力使用越發純熟，普通人在她面前漸漸變得毫無隱私可言。

面對何思的問題，秦夏笙沒有第一時間回答，她挺直背脊，回到了一開始那個端莊典雅的姿態，彷彿身上穿的不是普通的T恤牛仔褲，而是一件小禮服。

她回想起那一天，真的是個意外，她沒料到自己的能力這麼強。

她看著跟自己共進難得的燭光晚餐的丈夫，他們很久沒有好好坐下來一起吃飯了，丈夫溫柔體貼依舊，與她分享工作上的大小事。

然後，她聽見了一個熟悉，但冷漠得令她心痛的聲音。

『說這些工作上的事情妳聽得懂嗎？黃臉婆……垃圾……廢物……學生時代明明聰明又積極，現在這副死樣子，什麼都不懂，廢物。我跟妳說這些都是浪費時間，妳懂什麼？妳懂什麼？妳懂什麼？妳是這家庭的蛀蟲，蛀蟲！蛀蟲！』

一瞬間，秦夏笙只覺得渾身冰冷。

她終究沒有把自己聽到的，關於卜東延內心真實想法是什麼，告訴何思。這原本也不是重點。

秦夏笙放在膝蓋上的手不自覺地緊緊握起，深重地喘了幾口氣才總算恢復冷靜。

「我可以接受東延不愛我，我也可以接受東延利用我，但我不能接受他貶低我的付出，對我的『事業』視若敝屣。我的付出，我的心血，我為他承受的一切，他可以不感激，但不應該鄙視……」她的身姿筆挺，卻因為太過僵硬而微微顫抖。

何思假裝自己沒發現，平靜地看著眼中泛淚，卻固執得不肯哭出來的女人。即便他對蘇小雅說了那麼多，事到如今，他也不由得同情起這個犯人，與秦夏笙共情了。

婚姻是世界上最為複雜的關係之一，法國有句諺語：婚姻是被圍困的城堡，城外的人想衝進去，城裡的人想逃出來。

夫妻之間的愛恨情仇，外人是無法完全知曉或感同身受的。就如同眼前的秦夏笙就是個很好的例子。

她沒有在丈夫背叛感情的時候憤怒，沒有在丈夫利用自己的時候憤怒，甚至她想的還是如何跟丈夫維持這段婚姻關係，如何更大程度地幫助丈夫。對她來說，也許她幫助的對象已經不是卜東延這個人，而是她與卜東延的家，卜東延對她來說也許也已經不單純是丈夫這個身分，而是「家庭」的一種榮譽標章。

箇中情感糾纏太複雜，可能連當事者自己都說不清楚。

秦夏笙沒有為自己的感情受挫而想殺人，卻為了自己的努力被蔑視而失去理智，似乎很難理解，又似乎很理所當然。

「我種植香豆樹只是個意外，東延本身喜歡零陵香豆這種香料，他會購買有使用上香豆的甜點回家分享給大家。所以我想，也許我能試著種一棵香豆樹，未來可以用到甜點上。」秦夏笙開始交代犯罪過程，語調平靜得令人背脊發涼。「我是個母親，也是個妻子，自然要確保家人吃進嘴裡的東西到底安不安全、乾不乾淨。本國不禁用零陵香豆為香料，但國外是有過吃香豆過量致死的案例，我當然要加倍小心。」

她本來就是個聰明幹練的人，查找資料融會貫通對秦夏笙來說跟呼吸一樣自然。她很早就知道零陵香豆的危險，也在查資料的過程中得知了關於甜苜蓿以及自體出血症狀的案例，最後查到了幾個關於抗凝血劑誤用、濫用導致的醫療糾紛判例。

原本，她真的只是習慣性查找資料而已，即便是個忙得焦頭爛額，生活裡只繞著孩子丈夫轉的主婦，她依然有用零碎時間學習各種知識的習慣。話說回來，要成為太太圈的一員，本就要時時刻刻充實自己才行。

但當她對卜東延起了殺意後，零陵香豆相關的知識在腦中浮現，秦夏笙幾乎沒有多躊躇幾秒，就決定下手了。

「這是我第三次問這個問題，什麼樣的人才會去殺人呢？」秦夏笙看著何思，對方依然沒有回答她，但無所謂，她心裡已經有答案了。「我認為，每個人都可能成為殺人凶手。每個殺人者，一開始都是普通人，但在某個沒有人能料想到的地方，可能連他自己都沒想到，就殺了人了。」

「我不這麼覺得。」何思終於還是開口反駁，他平靜地看著秦夏笙，女人臉上的表情釋然，眼尾緩緩滑下一滴眼淚。「確實，誰都無法確知某個普通人某一天就成為殺人犯。但是，有些人能忍耐住自己的殺意，有些人不行。妳知道嗎？妳其實可以選擇離婚的。」

「我為什麼要離婚？」秦夏笙嗤地笑出聲來，一臉不可置信地看著何思。「我為什麼要離婚？我離婚有什麼好處嗎？我二十年的感情，十六年的付出，這些時間回不來了。而事實上，我的家庭中唯一不完美的地方，就只有卜東延，我該如何選擇不是顯而易見嗎？只是，在我的計畫中，他應該要死得像是意外，身體衰竭到極致後，某天猝死，我身為他的妻子，可以不驚動任何人，將這個人一把火燒了，讓他入土為安。」

何思聽著，不禁冒出冷汗。確實，如果一切依照秦夏笙的計畫，沒有王平安半路殺出來給了維生素Ｅ，卜東延是可能死得無聲無息的。

「我可能也真的不太正常……」秦夏笙輕輕嘆息了聲，將頰邊的髮絲撩回耳後，自嘲笑道：「我為什麼沒有一開始就發現這個男人的冷漠無情呢？我以前不是這樣的人，我相信世界是美好的，人們是良善的，即使我擁有嚮導的能力，但我從未想過要使用。這麼多年來，我也確實一次都沒有用過……為什麼我會沒忍住呢？」

「我不認為這是嚮導的能力導致的結果。一樣，即使妳聽見卜東延真實的心聲，妳也可以選擇離婚，而不是選擇殺人。」何思嚴酷地回應：「就如同妳現在，依然在試圖影響我的情緒，想挑起我共情。秦女士，我是不可能共情妳的，無論妳的理由是什麼，無論卜東延是個多過分惡劣的人，妳都有不選擇殺人的選項。」

一段話，說得秦夏笙表情也冷硬起來，依然帶著淚光的雙眸冷冷地看著何思，隱隱地似乎透露出些許恨意。

「我真羨慕你能永遠選擇最正確的道路。」末了，秦夏笙冷笑地嘲諷道：「何警官，感情不是這麼回事的，我沒想過我會殺人，在我下手的時候也並非沒有遲疑過，但是，如果你天天能聽見你最親密的枕邊人對自己的鄙夷時，我希望你也能保持自己的善良。我沒有什麼想說的了，請你們聯絡我的律師。」

審訊至此，已經結束了。

秦夏笙對自己的犯罪行為供認不諱，配合度非常高，也著實沒有什麼更多的疑問需要她解答了。

何思點點頭，將文件全部收回資料夾裡——其實這次的審訊他幾乎沒怎麼動用到準備好的資料，秦夏笙彷彿是憋得太久了，需要把整件事都說出來才能讓自己好過點。

角落裡的印表機把秦夏笙的自白列印出來，何思拿過來放在她面前。「妳可以仔細看看有沒有什麼錯漏，沒問題就請在這裡簽名。」

「我會等律師來後再看。」這是秦夏笙對何思說的對後一句話，直到她送檢之前，他們都沒再交談過。

當然，馮艾保、蘇小雅也是。

這個案子在讓人不痛快的餘韻裡結束了。

☼ ☼ ☼

秦夏笙安安靜靜地坐在拘留室的木頭地板上，像一尊漂亮的雕像。

中央警察署的拘留室很寬敞整潔，甚至能說得上漂亮舒適，因為現在沒關押幾個犯人，於是每個人都獲得單獨拘留的空間。

她剛和律師交談完，也與自己的孩子、父母會面，卜東延的父母對孫子沒有特別的感情，他們倒是想要搶兒子的遺產，因為媳婦是殺人主嫌，被剝奪了繼承兒子遺產的權利，所有的遺產都會落在三個孫子身上，基於這個理由，他們想搶孫子的撫養權。

怎麼能讓他們得逞呢？秦夏笙面上不顯，但心裡冷笑。

卜東延就是被這對夫妻養壞了，養出了一個利益薰心、殘酷冷淡的人，然後毀了她的一生。

她請律師幫她把一封信寄到臨市的一個郵政信箱裡，裡面是她下定決心保護孩子跟自己的父母，而做好的覺悟。

生命固然重要，但有時候死亡也同樣重要。

她不禁回想起兩年多前某個秋日午後，那時候她剛發現卜東延有外遇，正惶然不知所措，糾結著是否要跟丈夫攤牌。她很痛苦，不願意相信卜東延會背叛兩人之間的感情，但可悲的是，她連哭泣的時間跟餘力都沒有。

她的生活，被孩子跟丈夫占滿了，竟然一分一秒屬於自己的空間都沒有。

秦夏笙以為自己很堅強，她以為自己可以想辦法忍耐過去的。只要丈夫還是會回家，只要他繼續維持表面的平和，就算他躺在男人身下做什麼下流事，秦夏笙覺得自己都能夠假裝視而不見。

然而，她真的高估了自己的承受力……不，不能這麼說，應該說，她忘記了世界上所有的東西，都有一個承受力的閾值。一但突破極限，等在眼前的就是崩潰。

她崩潰了。

那一天，她還記得天空被銀杏染得金黃，她家附近有公園，有一大片銀杏林，她總喜歡帶孩子過去賞銀杏，撿些銀杏回家加菜，家裡除了她的四人都喜歡吃銀杏。

她忘記事情是怎麼發生的，至今都想不起來，她只記得那天父母幫她帶小兒子，讓她去好好散個心，難得那麼好的天氣。

原本，已經到了約好去接孩子的時間了，但到底為什麼她沒去呢？秦夏笙只記得自己回過神的時候，呆呆地坐在銀杏林裡，手上攏著七八顆銀杏，一隻鞋子被甩在幾百公尺外，她腳底有些磨傷的痕跡，另一隻腳雖然還穿著鞋子，卻扭傷了。

「來，喝個水吧。」身邊，傳來了一個年輕男孩的聲音，溫柔、甜蜜，像一泓溫泉，將她包裹住。

她愣愣看過去，是個陌生的年輕男孩，肯定還沒有成年，藍色的眼睛像洗淨的天空，帶著笑微微彎著。

「你是誰？」秦夏笙腦子還是空白，舌頭也有些不靈活，問起話來很遲緩。

「我叫倫恩．切斯特。」男孩把手中的水瓶右往她遞了遞。「姐姐，喝個水吧？妳現在應該不太好受。」

確實不好受，但秦夏笙看著那瓶水，性格裡的謹慎提醒著她不該輕易接受陌生人的飲食，很容易出意外。

「別擔心，這瓶水還沒有開過。是剛剛在那個販賣機買的，還是我現在再過去替妳買一瓶水？」倫恩安撫道，他年紀雖然小，做事卻非常周到，說話的語調也令人安心。

秦夏笙終究還是接過了那瓶水，擰開確實沒被開封過的瓶蓋，咕嘟咕嘟喝了大半瓶才停下，人也總算好了一些。

倫恩側著頭觀察了她一會兒，見人神情恢復了些，才拍著自己的胸口鬆了一口氣。

「我怎麼了……」秦夏笙忍不住問。

「是我的錯……」倫恩低下頭，年輕的臉龐上滿是愧疚。「我是個還沒成年的哨兵，不太能控制好自己的能力，之前我意外陷入了類狂化症狀，還好遇上了姐姐妳，才沒有出現大問題……姐姐，謝謝妳。」這個道謝真誠中帶著害臊，有赧然有羞愧也有滿滿的感謝。

秦夏笙一愣，突然發現自己感受到了對方的情緒，這是……

「我……我用了嚮導的能力嗎？」

「對啊，還好姐姐妳是高階嚮導，否則我就慘了。」倫恩笑得毫無芥蒂，他是個健談又熱情的人，秦夏笙可以從他身上感受到他明朗的情緒，很令人舒服。

接下來的時間裡，倫恩嘰嘰喳喳兩人先前發生的事情鉅細靡遺陳述了一次，過程中秦夏笙幾乎被少年熱烈的感激之情搞得手足無措，心裡害羞又滿足，她好像很久很久，沒有感受到被人肯定的愉悅了。

「姐姐，我得回白塔了，還是很謝謝妳的幫忙。以後有任何問題，都可以找我喔！我會盡力幫助妳的！」倫恩在傍晚的時候告辭，秦夏笙心裡有些不捨得，倒不是對小朋友有什麼奇怪的想法，只是她太久沒有用「秦夏笙」這個身分與人交流了。

她這些年以來，都是卜太太、卜媽媽、卜東延的妻子秦夏笙，而不是「秦夏笙」。

她也突然覺得，嚮導的能力沒有那麼可怕，偶爾用一下似乎也不錯？於是後來她漸漸越用越多，越來越依賴這個能力……

倫恩從此跟她成為忘年之交，一段沒有第三人知道的友誼，純粹又美好。

直到她聽到了卜東延對自己真正的想法，她非常痛苦，真的恨不得自己消失在這個世界上，她找不到可以訴苦的對想，只除了倫恩•切斯特，這個還沒有成年的哨兵。

她原本不期待會得到回應的，但出乎意料的，倫恩的回信來得很快，信裡寫著：『姐姐妳沒有錯，錯的是卜東延。他欠了妳，拖累了妳，他是個幸運的人，身為普通人卻獲得妳這樣高階嚮導的青睞，他原本應該愛護妳、崇拜妳的。姐姐，妳知道香豆素嗎？』

後面的事情就如此順理成章，秦夏笙後來也察覺了，倫恩刻意把自己往仇恨方向引導，但說到底，決定下手的還是她自己。

她反而非常感謝倫恩，是他肯定自己，是他把自己從卜東延給的痛苦中解救出來，也是他給自己指引了一條原本很完美的道路。

他們的通信一直沒斷，直到現在。

秦夏笙連卜東延都不想忍受了，當然也沒那個耐性繼續容忍卜家父母為了私慾，妨礙自己孩子的成長，騷擾自己的父母。

人，總是要為自己的選擇，付出代價的。

（待續）

後記

耶～～大家好呀，我們又見面了！第二集的故事看得還開心嗎？我自己寫的時候是很開心啦哈哈哈，畢竟受害者的死法是我想寫很久的，那種在大街上突然噴血的場面，一定很壯觀（？）吧！

這次的案子採用的手法是實際上可行的，當初為了查找資料真的是搞到自己瘋掉，每天每天電腦也好挖到的資料書也好，甚至還去騷擾我讀相關科系的親朋好友，就是為了讓這次的死者死得更真實，希望也能給閱讀故事的各位有同樣的感覺。

啊，不過請大家千萬不要因好奇而嘗試，雖然我用戲劇化的描寫加強了毒性的效果，但現實上是可以查到因醫生對病患錯誤使用抗凝血藥物，導致病人在很短的時間內痛苦過世的案例喔！該案例的抗凝血藥物成分，就是我用在書裡相同的成分，所以各位千萬不要輕易嘗試。

說回本次的故事吧，當初在比賽連載的時候，這篇故事獲得的共鳴最強，大概是因為我的讀者還是女性居多，畢竟是耽美小說嘛～～犯人最後的動機跟自白，我相信是很多已婚甚至有固定深入的情感關係中的女性以及部分男性都曾遭遇過的，只是多數人選擇了隱忍，或者果斷分開結束不健康的關係，而書裡的凶手最終選擇的是為自己的人生討回公道，即使用的手法是不正義的，但對她而言卻是必要的。

這也是小雅跟已經成熟的兩個大人間出現觀念衝突的地方。

第一集的小雅最後面對犯人的時後表現得很果斷乾脆，他是個聰明的孩子，在愛裡面成長，天賦還鶴立雞群，於是對自己充滿自信。他有能力為自己的選擇負責，不輕易被他人的言行影響，在這個社會上無論做什麼都能獲得相對的成就。

凶手也是一樣的人。但她卻遇上了卜東延這樣的，會利用人性最柔軟的部分操縱他人的「人」。愛一個人並不是錯的，人們在面對愛人的時候，總是會有許多妥協。有人在愛裡橫行霸道，有人因為愛脆弱迷失，我甚至認為，世界上所有的好與不好，都源自於「愛」。這邊的愛不單純是愛情，還有親情、友情等等各種情感，這些情感的根本都是「愛」。

《貓與老鼠從來都是相愛相殺的關係》這篇故事，未來也會繼續針對這個母題幹去發揮各種故事。

〈愛與血〉這一案我參考了身邊人的故事，可以說是某種程度上的真實事件改編。其他地方的婚後狀況我不熟也不好評論，但在亞洲，起碼東亞、東北亞、東南亞甚至南亞等等亞洲地區，婚姻對女性來說，意義遠比男性重要許多。

女人要離開自己的家庭，想盡辦法融入另一個家，曾經帶給自己溫暖與保護的那個原生家庭，許多人都無法再回去，或者因為各種主客觀因素，與原生家庭疏遠了。儘管近幾年來這種狀況大幅度改善，但我們的父母、祖父母那一輩，甚至於我們自己身邊都有很多女性為了婚姻與家庭付出了自己所有的一切。

我並不評論這樣的付出值不值得，婚姻遠比我們想像的要複雜，夫妻身為共同體，他們之間的情感糾葛與默契，都並非外人可以知道的。這也是為什麼夫妻其中一方出意外的時候，另一方會容易成為警方的懷疑對象。因為夫妻這個兩人小團體裡有太多祕密了。這些祕密也許是美好，也許是痛苦的，有些人能彼此成就為更好的人，有些人卻被傷得遍體鱗傷陷入賭徒困境。

當這時候，你又有能力可以聽見他人的心聲，當你直面自己最親密的愛人給自己的真實評價時，身邊的世界是會崩塌還是會更加堅固呢？

我們都愛過至少一個以上的人，也許是你的父母兄弟、親朋好友、伴侶或二次元的老公老婆，我一直認為愛是非常純粹的存在，也是世界上最美好的事物之一。但，有光的地方就會有影，充滿愛意的地方也可能隱藏殺機。

願我們的付出都能獲得相對應的回報，當愛意不在時，我們也能收拾著傷心一點一點恢復原狀，不會因此畏懼付出愛意。願每個人都能活在某個人的愛裡。

黑蛋白

國家圖書館出版品預行編目(CIP)資料

貓與老鼠從來都是相愛相殺的關係. 2 / 黑蛋白作. -- 初版. -- 臺北市 : 臺灣角川股份有限公司, 2023.08

面； 公分

ISBN 978-626-352-821-5(第 2 冊 : 平裝)

863.57 112009609

2023 年 8 月 24 日　初版第 1 刷發行

作　　者　黑蛋白
插　　畫　嵐星人

發 行 人　岩崎剛人
總　　監　呂慧君
編　　輯　陳育婷
美術設計　吳乃慧
印　　務　李明修（主任）、張加恩（主任）、張凱棋

台灣角川

發 行 所　台灣角川股份有限公司
地　　址　台北市中山區松江路 223 號 3 樓
電　　話　(02) 2515-3000
傳　　真　(02) 2515-0033
網　　址　www.kadokawa.com.tw
劃撥帳戶　台灣角川股份有限公司
劃撥帳號　19487412
法律顧問　有澤法律事務所
製　　版　尚騰印刷事業有限公司
I S B N　978-626-352-821-5